모방에서 창조까지 하는
에이전트

# 모방에서 창조까지 하는 에이전트 1

킹묵 현대 판타지 장편소설

초판 1쇄 찍은 날 § 2022년 10월 1일
초판 1쇄 펴낸 날 § 2022년 10월 8일

지은이 § 킹묵
펴낸이 § 서경석

총괄팀장 § 황창선
편집책임 § 박현성
디자인 § 스튜디오 이너스

펴낸곳 § 도서출판 청어람
등록번호 § 제387-1999-000006호
등록일자 § 1999. 5. 31
어람번호 § 제1-3193호

본사 § 경기도 부천시 부일로 483번길 40 서경B/D 3F (우) 14640
편집부 § 서울특별시 구로구 디지털로 272 한신IT타워 404호 (우) 08389
전화 § 02-6956-0531　팩스 § 02-6956-0532
http://www.chungeoram.com
E-mail § chungeorambook@daum.net

ISBN 979-11-04-92458-3 04810
ISBN 979-11-04-92457-6 (세트)

킹묵 현대 판타지 소설

MODERN FANTASTIC STORY

# 모방에서 창조까지 하는 에이전트

1

모방에서 창조까지 하는
에이전트

# 목차

제1장

—

*바뀐 일상*

2006년 10월. 광화문에 위치한 대형 서점에 가기 위해 이동 중인 차 안에는 엄마와 아들 둘이 타고 있었다.

"형은 어떤 책 살 거야?"
"난 안 살 거라니까? 자꾸 말 시키지 마."
"책 좀 봐. 맨날 TV만 보고 그러니까 꼴찌 하지."
"아, 좀 시끄러워!"

운전을 하던 어머니는 두 아들의 투덕거림을 들으며 말했다.

"한태민, 형한테 그렇게 말하면 안 되지."
"왜?"

"태민이가 책을 좋아하는 것처럼 형아는 TV를 좋아하는 거야. 서로 좋아하는 게 다를 뿐이지 비하할 필요는 없어. 누가 태민이가 책 보는 걸 가지고 책을 뭐 하러 보냐 그러면서 비하하면 좋겠어?"

"아니."

"봐. 그리고 형한테 자꾸 꼴찌라고 하지 마. 형 꼴찌 아니야. 형아가 체육은 항상 수 받은 거 알잖아. 체육은 전교 1등이야."

"에이! 수인 사람 엄청 많은데. 나도 수야!"

"그래도 1등이지. 태민이도 1등이고 형도 1등이야. 공동 1등. 그리고 태진이 형아는 자기가 좋아하는 TV도 안 보고 태민이 책 사는 데 같이 와 주잖아. 동생 생각하는 마음은 전국 1등이지?"


이제 초등학교를 졸업하고 중학생이 되는 태진은 TV 보는 것까지 칭찬해 주는 어머니의 말에 멋쩍어하며 창밖만 쳐다봤다. 동생 말처럼 책보다는 TV가 좋았다. 학교를 다녀오는 시간을 제외하고 모든 시간을 TV와 함께 보냈다. 만화는 물론이고 스포츠나 드라마, 가요 프로그램까지. 뉴스를 제외하고 모든 프로그램을 좋아했다. 그리고 TV를 볼 때마다 TV에 나오는 사람들을 흉내 냈다.

남이 하는 말이나 행동을 그대로 옮겨서 하는 것을 흉내라고 한다. 한태진은 흉내를 내는 데 있어 누구보다 월등했다. 그 때문에 공부는 못하더라도 학교에서 인기 스타였다. 그 인기를 유지하려고 더 TV를 보는 것도 있었다. 그러다 보니 점점 더 TV에 더 빠져들게 되었다.

오늘도 아버지와 주말에 방송을 해 주는 야구를 볼 참이었다. 하지만 어머니가 태진이 함께 가지 않는다면 다음에 가겠다고 했다. 그러자 아버지는 집에 있는 막내 태은을 돌보겠다는 말과 함께 태진을 억지로 서점으로 보냈다.

"서점 다녀오면 밤에 TV 보게 해 줄게!"

그렇게 서점에 가게 되었다. 아버지에게 등을 떠밀리기도 했지만 무한 칭찬을 하는 어머니의 권유를 거절할 수가 없었다. 태진은 그래도 주말 저녁에 TV를 볼 수 있다는 걸 위안 삼으며 창밖을 봤다. 그때, 태진의 눈을 사로잡는 광고판이 보였다.

[10월 9일 개국! 즐겁게 놀자! TVEN.]

"와! 벌써 내일이네! 이제 방송 채널 하나 더 생긴다! 엄마, 우리 집에서도 나오겠지?"

"아마도 나오겠지? 그렇게 좋아?"

"완전 좋지! 재미있겠다!"

"우리 태진이는 나중에 TV 나올 거야?"

"난 그냥 보는 게 좋은데? 그래도 나올 거면 개그맨?"

"개그맨? 개그맨도 좋지. 우리 태진이는 친구들한테 인기 있으니까 될 수 있을 거야."

케이블 방송들이 하나둘씩 늘고 있었고, 그만큼 태진의 즐거움도 늘어났다. 억지로 끌려왔다는 걸 잊을 만큼 기대감이 컸다. 어떤 프로그램을 볼지 기대하며 창밖을 볼 때, 갑자기 바로 옆 공사 현장에서 듣기 싫은 쇠 긁히는 소리가 크게 들렸다. 동시에 공사 현장을 막고 있던 천막이 점점 가까워졌다.

  끼이이익.

  "뭐야? 엄마!"

  그늘이 점점 짙어져 가는 순간 태진은 정신을 잃었다.

*      *      *

  몇 달 뒤. 병실에 누워 있는 태진은 멍하니 병실 천장만 보고 있었다. 그렇게 좋아하던 TV 소리가 들리고 있었지만 관심이 없었다.

  "태진아, 무슨 생각을 그렇게 해?"

  손을 잡은 사람은 다름 아닌 어머니였다. 어머니 역시 환자복을 입고 있었고 왼쪽 어깨에는 보조기를 달고 있었다. 그리고 멀쩡한 오른손을 연신 움직이고 있었다.

"여보, 내가 주무를 테니까 당신은 태진이 손만 잡고 있어."

"괜찮아, 내가 주무르고 싶어서 그래. 당신이나 집에 좀 가. 태민이랑 태은이 좀 봐 줘. 태민이 내일 병원 가는 날이잖아."

"장모님 와 계시잖아. 장모님이 태민이 병원 데려간다고 그러셨으니까 당신은 걱정 말고 좀 쉬어. 내가 주무르는 거 지켜나 봐. 태진아, 어때?"

쉬라는 아버지의 만류에도 어머니는 태진의 손을 잡았다. 태진은 눈을 밑으로 내려 손을 봤다. 따뜻한 어머니의 손이 느껴졌다. 더 이상 왼쪽 팔을 쓸 수 없게 되었음에도 그런 건 걱정이 되지 않는 표정이었다. 원래도 차분한 성격이셨는데 오히려 지금이 예전보다 더 차분해 보였다.

반대편으로 고개를 살짝 돌려보자 열심히 팔을 움직이고 있는 아버지가 보였다. 다만 아무것도 느껴지지가 않았다. 그때 서점을 향하던 중 일어난 사고가 원인이었다.

[철거 공사 현장 부실 관리]

철거 중이던 빌딩이 무너져 내렸고 잔해물이 도로를 뒤덮었다. 반대쪽에서 공사를 하던 중이었기에 반대쪽 차선에 있던 차들은 모두 잔해에 깔려 버렸고 태진이 타고 있던 차의 왼쪽 일부도 콘크리트에 깔려 버렸다. 그래서 운전 중이던 어머니는 왼쪽 어깨가 으스러져 버렸고 창문 가까이에 붙어 있던 태진은 돌무더기에 깔려 버렸다. 그때, 차 지붕이 내려앉으면서 머리와 허리를 다쳤고, 척수 손상으로 인해서 하반신이 마비되어 버렸다. 게다가 머리가 다치면서 안면의 신경 회로까지 손상되면서 표정까지 잃어버리게 되었다. 불행 중 다행이라고 할 것은 코 위부터 마비가 된 상태라 말은 제대로 할 수 있다는 것이었다.

그리고 머리가 다치면서 측두엽의 일부분이 비대해졌다는 얘기를 들었다. 그런데 또 어떤 날은 정상인들과 똑같아지다 보니 병원에서는 지켜봐야 한다고 얘기를 했다. 그래서인지 두통까지 얻어 버렸다. 진통제를 투약하지 않으면 견딜 수가 없을 정도였지만, 지켜봐야 한다니 다른 방도가 없었다.

자신이 아픈 것과 상관없이 보상 처리는 일사천리로 진행되었다. 사망자들까지 있었기에 사회적으로 이슈가 되다 보니 당연한 일이었다. 다만 이제 고작 14살 아이인데 평생을 침대에서 생활해야 한다는 건 너무 가혹했다.

그때, 병실 문이 열리면서 외할머니가 들어왔다. 그와 동시에 막내 태은이 어머니한테 달려들었고, 아버지가 대신 태은을 들어 올렸다.


"엄마한테 갈 거야."

"아빠가 안아 줄게. 그나저나 장모님, 말씀도 없이 어떻게 오셨어요."

"어휴, 말도 마."

"태은이가 엄마 보고 싶대요?"

"아니, 태은이 말고."

외할머니는 고개를 밑으로 내렸고, 외할머니의 시선이 닿은 곳에는 그때 사고에서 유일하게 멀쩡했던 동생 태민이 서 있었다.

차분한 어머니와 표정 없는 태진과 달리 동생 태민은 누가 봐도 미안해하는 표정을 짓고 있었다. 그러자 앉아 있던 어머니가 급하게 일어나 고개를 숙이고 있는 태민에게 다가갔다. 그러고는 살며시 끌어안았다.

"우리 태민이 엄마랑 형아 걱정해서 온 거야? 우리 아들 엄청 착하네."

"……."

"태민이가 걱정해 줘서 그런가 엄마는 이제 하나도 안 아파."

"진짜……?"

어머니는 태민의 머리를 쓰다듬었고, 태민은 그제야 고개를 들었다. 어머니의 이곳저곳을 조심스럽게 살펴보고는 다른 쪽으로 고개를 돌렸다. 태민의 고개가 향한 곳에는 태진이 있었다.

"형은……?"

"형은 아직 아픈데 그래도 나으려고 노력하고 있어. 형아한테

가 봐도 돼."

어머니는 태민의 손을 잡고 태진에게 다가왔다. 그러자 태민은 아무런 말도 없이 태진을 조심스럽게 살폈다. 이리저리 살피던 태민이 잠시 머뭇거리더니 태진의 손을 살며시 잡았다.

"형아 미안해. 다시는 책 사러 가자고 안 할 테니까 빨리 나아."

태민의 잘못이 아니라는 걸 태진도 알고 있었다. 그런데도 태진은 자신도 모르게 태민이 잡고 있던 손을 빼어 버렸다. 자신이 이렇게 된 걸 누구에게라도 풀어야 했고, 그 대상이 태민이 되어 버렸다.

*　　　*　　　*

태진은 몇 달의 병원 생활을 끝내고 집으로 돌아왔다. 집에 오니 전과 같은 생활을 할 수 없다는 게 느껴졌다. 집안 곳곳 모든 것이 변해 있었다.

병원에서 재활치료를 했고, 그 재활치료라는 건 휠체어를 타거나 일상생활에 조금이나마 도움이 되기 위한 연습들이었다. 그때 연습했던 것에 맞춰 집안 모든 것들의 눈높이가 낮춰져 있었다. 방에서 거실로 나가려면 안쪽으로 열어야 했는데 그 문마저 반대로 달려 있었고, 방에는 침대에서 볼 수 있도록

TV까지 달려 있었다. 그리고 가장 많이 변한 것은, 집 벽들마다 병원에나 있는 보행 보조 손잡이가 달려 있었다. 부모님들의 배려였지만 그 배려가 태진으로 하여금 현실을 보게 만들었다.

지금은 비록 걸을 수 없지만 시간이 지나면 다시 걸을 수 있을 것만 같았는데 보행 손잡이가 집에까지 달려 있는 걸 보자 이제 다시는 걸을 수 없다는 걸 알아 버렸다. 그래서 병원에 있을 때도 울지 않았던 태진은 집에 돌아온 뒤에서야 목 놓아 울었다. 그걸 본 막내는 태진이 이상했는지 어머니의 옆에 바싹 붙어 말했다.

"엄마, 큰형아 우는 거야? 아닌가? 맞나?"

표정 없이 눈물 콧물 흘리며 소리치다 보니 막내 태은이 보기에는 이상했던 모양이다. 태은이 잘 모르고 했던 말이었지만 태진에게는 잊고 있던 또 다른 문제를 깨닫게 만들었다.

\* \* \*

2008년 1월 1일. 태진은 예전과 완전히 다른 생활을 하고 있었다. 생활이라고 할 것도 없었다. 부모님이 억지로 휠체어에 앉는 연습을 시키는 한두 시간을 빼고는 대부분을 침대에서 보냈다. 그래도 휠체어에 앉는 연습 때문에 이제는 침대에서 혼자 내려올 수 있었고, 팔 힘을 이용해 누워 있는 자세도 바꿀 수 있었다.

하지만 하는 일이라고는 그것이 끝이었다. 그렇게 좋아하던 TV는 켜 보지도 않았고, 그저 누워서 잠만 자고 멍한 표정으로 천장을 쳐다보는 것이 하루 일과의 전부였다.

그런 태진이 안쓰러웠던 부모님은 수시로 산책을 가자고 권유했지만, 태진은 모두 거절했다. 이런 꼴을 누구에게 보여 주고 싶지 않았다. 특히 친구들.

연예인이나 스포츠 스타들을 흉내 내며 친구들에게 인기를 얻었는데 이제는 흉내는커녕 걸을 수조차 없었다. 병문안을 온 친구들조차 돌려보냈다. 그럼에도 친했던 친구들은 꾸준히 찾아왔다. 만나서 얘기도 하고 중학교 생활은 어떤지 들어 보고 싶었지만, 그보다 누워 있는 모습과 이상한 표정을 보여 주기 싫은 마음이 더 컸다. 그렇게 거절이 계속되다 보니 이제는 누구도 찾지 않았다. 이제는 더 이상 친구도 없었다.

그러다 보니 해가 바뀌었음에도 아무런 느낌도 없었다. 해가 바뀐다고 다시 걸을 수 있거나 웃을 수 있을 리가 없었다. 그저 매일을 침대에서 보내야 하기에 남들처럼 새해 각오 같은 걸 할 수조차 없었다. 그저 무의미한 하루하루를 보내야 했다.

그렇게 또 지루한 하루가 시작되었다. 눈을 뜨자마자 버릇처럼 침대 옆에 놓아 둔 두통약부터 먹었다. 매일 두통이 오는 건 아니었지만, 오늘은 아침부터 두통이 시작되었다. 약을 먹은 태진은 시간를 확인하려 벽에 달린 커다란 시계를 봤다.

'하… 이제 6시네.'

규칙 없는 생활 때문에 기상 시간도 정해져 있지 않았다. 이렇게 아침 일찍 일어나는 날은 하루가 길게 느껴졌기에 태진은 다시 눈을 감았다. 그런데 거실에서 누군가가 움직이는 소리가 들려왔다. 소리를 들어 보니 부엌에서 무언가를 하는 중 같았다. 평소와 다르게 이른 시간이긴 하지만 부엌에 있을 만한 사람이라고는 부모님들밖에 없었기에 신경 끄고 눈을 감아 버렸다.

잠도 오지 않았기에 눈을 감은 채 시간을 보낼 때, 그릇 깨지는 소리가 들려왔다. 소리가 꽤 큰 걸 보면 하나가 아닌 모양이었다. 그리고 곧이어 갑자기 아버지의 목소리가 들려왔다.

"한태민! 아침부터 뭐 하는 거야!"

아침부터 태민이 사고를 친 모양이라고 생각한 태진은 인상을 찡그렸다. 태민 때문에 사고가 난 것이 아니었음에도 여전히 원망의 대상은 만만한 태민이었다. 잠시 뒤 시끄러운 소리에 일어난 어머니의 목소리도 들렸다.

"태민아, 다치진 않았어? 이게 다 뭐야. 배고팠어?"
"……."
"왜 아침부터 풀이 죽었을까? 아빠가 소리쳐서 그래? 아빠는 태민이가 다쳤을까 봐 걱정돼서 그런 거야."

"……."

"음, 그릇 깨서 그래? 괜찮아. 실수하면서 배우는 거야. 다음에는 조금 조심하면 돼. 그런데 무슨 요리 하고 있었어? 태민이 요리할 줄도 알고 대단하네."

언제나 칭찬으로 마무리하는 어머니였기에 상황이 종료되었다고 생각하며 다시 눈을 감았다. 그때, 입을 다물고 있던 동생 태민의 목소리가 들려왔다.

*         *         *

"떡국 끓여 보려고……."

태민이 조용하게 말을 한 탓에 방에 있던 태진은 제대로 듣지 못했다. 그저 잘못을 수습하기 위해 변명을 한다고 생각할 때 어머니의 목소리가 들려왔다.

"떡국? 조금 이따가 엄마가 끓여 주려고 그랬는데 그렇게 배고팠어?"

그제야 태민이 무엇을 하려다가 그릇을 깼는지 이해했다. 매년 1월 1일마다 어머니는 새해라며 떡국을 끓였다. 기억을 안 하려야 안 할 수가 없었다.

태진이나 동생들 모두 떡국을 그다지 좋아하는 편이 아니었다. 특히 태민은 떡국 자체에 손을 대지 않으려고 했다. 어머니는 그런 태민에게 떡국을 먹이기 위해 태진을 칭찬했었다.

"형아는 떡국 잘 먹지? 그럼 이제 더 형아 되겠네."

태진도 떡국을 좋아하지 않았지만, 어머니의 칭찬에 부응하기 위해 억지로 좋아하는 척하며 먹었었다. 그럼에도 태민은 떡국을 먹지 않았다.

그렇게까지 떡국을 싫어하던 태민이 떡국을 끓이다 그릇을 깼다는 점이 조금 의외였다. 그때, 태민이 조용하게 뭐라고 대답했고, 그 대답에 대한 어머니의 말이 들렸다.

"우리 태민이 너무 고마워. 엄마 힘들까 봐서 이렇게 일찍 일어나서 떡국을 끓인 거야?"

어머니의 다독거림이 통했는지 태민의 목소리가 조금씩 들려왔다.

"엄마 아프니까."
"엄마 이제 괜찮은데? 엄마 아픈 거 같아?"
"아프잖아. 팔 못 움직이잖아."
"괜찮아. 엄마는 원래 오른팔로 요리해. 그것도 몰랐어? 섭섭한데?"

사고 이후 어머니는 왼팔을 쓸 수 없게 되었다. 팔을 사용해 받치는 건 가능했지만 손가락으로 세밀하게 움직여야 하는 것은 불가능했다. 그런 어머니를 대신해 아버지가 깨진 그릇을 치웠다.

"다 했다! 감쪽같지?"

아버지가 그릇을 다 치웠다는 말을 하자 어머니가 말을 이었다.

"아빠가 엄청 빨리 치웠네. 그럼 이제 엄마가 할게. 담기만 하면 돼?"
"⋯⋯."
"엄마한테 국자 줘."

잠시 말이 들리지 않았다. 무슨 상황인지 궁금해할 때 다시 엄마의 목소리가 들렸다.

"태민이가 할 거야?"
"응⋯⋯."
"뜨거워서 조심해야 되는데. 엄마가 할게. 대신 식탁에 옮기는 건 태민이가 해. 그것도 싫어?"
"내가 할래."
"그래? 그럼 엄마가 도와줄게. 같이할까? 그것도 싫어?"

"내가 할게. 엄마는 앉아 있어."

"왜? 엄마도 같이하면 좋잖아."

태민이 고집을 부리는 모양이었다. 태민이 고집을 부리기 시작하면 누구도 말릴 수 없었기에 어머니는 한발 물러섰고, 아버지가 대신 나섰다.

"우리 작은아들 효자네! 안 그래도 오늘 아빠가 하려고 했어. 그런데 할 게 없네? 벌써 담기만 하면 되겠는데? 아빠가 담을게. 국자 이리 줘."

"아니야. 태민이가 한다니까 내가 지켜볼게. 당신은 태진이랑 태은이 일어났나 봐 줘. 모처럼 태민이가 요리했는데 가족 다 같이 먹자."

이제 곧 아버지가 들어올 것 같았기에 태진은 이불을 끌어 올렸다. 아니나 다를까 방문이 조심스럽게 열렸다. 그러고는 잠시 살펴보고는 다시 방을 나왔다.

"아직 자는데 깨울까?"

"그럼 그냥 자게 둬. 태은이도 자는 거 같은데 우리끼리 먼저 먹자. 태민이 배고프대."

그때, 태민의 말이 들려왔다.

"엄마, 나 이따가 먹을게."

"웅? 배고프다며."

"조금 이따가 먹을 거야."

"배고파서 떡국 끓인 거 아니었어?"

"아니야."

"그럼 엄마 힘들까 봐 끓인 거야?"

"그것도 있고……."

"또 뭐가 있어?"

태민은 잠시 뜸을 들이더니 입을 열었다.

"형, 어제도 밤에 밥 안 먹어서……."

"어휴, 형 주려고 그런 거야? 형 어제 엄마가 밥 줬는데."

"그것도 있고… 형 떡국 잘 먹잖아."

"태진이가? 형아가 떡국 먹고 싶대?"

"아니… 옛날에 맨날 내 거까지 먹고 그랬잖아."

"아……."

방에서 듣고 있던 태진은 기분이 이상했다. 사고 이후 일방적
으로 말도 섞지 않았다. 그래서인지 태민도 말을 걸지 않았고,
심부름 때문에 방에 들어올 때도 할 일만 하고 나갔다. 그런데
자신을 위해 떡국을 끓였다는 말을 듣자 여러 가지 감정이 교차
되었다.

이제 괜찮다고 말하고 싶었고, 네 잘못이 아니라고도 말하고

싫었다. 하지만 지금 자신의 처지를 생각하면 그런 말이 나오지 않았다. 그때, 어머니의 말이 들렸다.

"형이 그렇게 좋아?"
"좋아. 그런데… 형은 나 싫어해서……."
"휴, 형이 지금은 힘들어서 그래. 태민이가 미워서 그런 게 아니야. 형한테 시간이 조금 필요해. 그러니까 태민이도 기다려 주자. 알았지?"
"알아. 나 때문에 다친 거니까 이해해."
"아니라니까? 형이 다친 건 태민이 잘못이 아니야. 그게 왜 태민이 잘못이야. 정말 아니야."

사고 이후 어머니와 태진만 다친 게 아니었다. 태민도 마음이 크게 다쳐 한동안 정신과 치료까지 받았다. 모든 것이 자기 잘못이라고 생각하고 있었으니까. 아니나 다를까 태민이 입을 열었다.

"내 잘못이야. 엄마랑 형 아픈 것도 내 잘못이야. 그리고 아빠가 더 이상 야구 안 보는 것도 내 잘못이야."

태민의 말을 듣고 있던 아버지의 목소리가 약간 높아진 상태로 태민을 달랬다.

"아빠가 야구 안 보는 게 왜 네 잘못이야. 이제 재미없어서 안 보는 거야."

"엄마랑 형 병원에 있을 때 아빠가 밤에 울면서 그랬잖아. 야구 안 보고 같이 갔었으면 괜찮았을 수도 있었을 거라고. 그러고 나서 야구 한 번도 안 봤잖아."

침대 생활을 하던 태진은 전혀 모르던 일이었다.

"그리고 태은이도 이제 8살이잖아. 아직 보살핌받아야 하는데 그러지 못하잖아."
"엄마랑 아빠가 태은이 잘 보살피고 있어."
"아니야. 어디 놀러 가지도 못하고 안아 달라고 해도 엄마 아파서 힘들잖아. 내가 서점 가자고 졸라서 우리 가족 다 힘들잖아."
"아니야. 태민아, 정말 아니야."

태민의 말은 태진에게 여러 가지 생각을 갖게 만들었다. 그동안 자신만 피해자라고 생각하고 주변을 살펴보지 않았었다. 그런데 태민의 말을 듣자 자신만 다친 게 아니었다는 생각이 들었다. 그 사고로 인해 가족 모두가 아픔을 겪고 있었다. 그리고 그중 태민이 가장 심각하다고 느꼈다.

태민의 속마음을 알게 되자 그동안 괜한 원망을 했던 것이 미안했다. 자신도 중학생이 되어야 하는 나이지만, 태민은 그보다 어린 초등학생이었다. 그런 어린 나이에 저런 짐을 지고 있다고 생각하자 더 이상 원망의 대상을 태민으로 하면 안 된다는 생각이 들었다.

'1월 1일… 새해 다짐이 생겼네.'

시계를 한 번 쳐다본 태진은 숨을 크게 뱉었다. 그러고는 침대 손잡이를 잡고 상체를 일으킨 뒤 옆에 놓아 둔 휠체어에 올라탔다. 막상 휠체어에 앉자 그동안 말 한마디 안 했다 보니 어떻게 말을 해야 할지 고민이 되었다. 그래도 부모님이 함께 있다는 생각에 용기를 내어 방문을 열었다.

방문을 열자 거실의 풍경이 눈에 들어왔다. 눈시울이 붉어진 아버지와 평소처럼 차분해 보이는 표정으로 태민을 쓰다듬고 있는 어머니. 그리고 죄를 짊어진 듯한 표정으로 고개를 숙이고 있는 태민이 보였다. 도무지 새해 분위기가 아니었다. 그리고 세 사람의 고개가 동시에 태진에게 돌아갔다.

"어? 태진아!"
"우리 태진이 일어났어?"

스스로 거실로 나온 적이 별로 없다 보니 부모님은 놀라는 눈치였다. 태진은 약간 민망하기도 했기에 서둘러 말을 돌렸다.

"맛있는 냄새 나서 일어났어."
"어? 어! 그래. 어!"

갑작스러운 태진의 변화에 아버지는 당황스러운지 계속해서

'어'만 연발했다. 그러자 어머니가 태진에게 다가왔다.

"엄마가 밀어 줄게. 잠깐만 앉아 있어. 태민이가 형아 준다고 떡국 끓였거든. 떡국 괜찮지?"

태진은 고개를 살며시 끄덕거렸다. 그러자 어머니는 태민을 향해 말했다.

"태민아, 형아 떡국 좀 그릇에 담아 줄래?"
"응. 알았어… 내가 줘도 괜찮아?"
"괜찮아. 엄마랑 아빠 거는 엄마가 담을 테니까 태민이는 형 것만 담아 줘."

아직 어떻게 말을 꺼내야 할지 몰랐던 태진은 그저 식탁만 쳐다보고 있었다. 그리고 잠시 뒤 떡국을 앞에 놓는 동생의 손이 보였다. 2살 차이밖에 나지 않는데도 굉장히 작아 보였다. 고개를 들어 동생을 봤다. 그러자 눈치를 보던 동생과 눈이 마주쳤고, 동생 태민은 곧바로 눈을 돌렸다.

그동안 얼마나 못되게 굴었으면 바로 눈을 피할까 하는 생각에 미안했다. 예전에는 서로 장난도 하고 친하게 지냈는데 엄한 원망으로 이런 관계로 만들어 버렸다. 이제부터라도 천천히 풀어 가야겠다고 생각하며 수저를 들었다.

곧이어 부모님도 떡국을 가지고 식탁에 앉았다. 어머니는 떡국을 먹는 태진을 보며 미소 지었다.

"우리 태진이 맛있게 잘 먹네."

태진은 어머니의 칭찬이 멋쩍어 그저 수저만 열심히 입에 넣었다. 그 짧은 칭찬에 여러 가지 감정이 느껴졌다. 이제 자신이 마음을 조금이라도 연 것에 대한 기쁨도 느껴졌고, 막내 태은이 자고 있지만 그래도 이렇게 가족들이 함께 식탁에 앉는 것이 기쁘다는 느낌도 전해졌다.

태진이 아무런 말도 없이 열심히 먹자 자리에 앉은 아버지가 웃으며 말했다.

"태민이가 엄청 많이 해서 많이 있으니까 숨 좀 쉬고 먹어."

태진이 대답 없이 수저만 놀리자 떡국을 드시던 어머니가 웃으며 대신 대답했다.

"당신도 먹어 봐. 태민이 요리사 해도 되겠네."
"그 정도야? 그럼 우리 한 쉐프가 만든 떡국 맛 좀 봐 볼까?"

한 숟가락을 먹은 아버지는 갑자기 태민의 눈치를 보더니 어머니를 쳐다봤다. 어머니와 눈이 마주치자 눈짓으로 떡국을 가리켰다. 그러자 어머니는 환하게 웃으며 대답했다.

"당신도 너무 맛있지? 지금까지 먹어 본 떡국 중에 제일 맛있네."

"어… 맛있네."

아버지는 잠시 고민을 하더니 눈을 질끈 감고 떡국을 입에 넣기 시작했다. 그러고는 억지 미소가 가득한 얼굴로 말했다.

"너무 맛있다! 너무 맛있어서 행복하네. 당신도 그래?"

"응, 너무 맛있어."

그러자 태민이 수줍게 웃으며 대답했다.

"많이 남았어. 아빠, 더 줄까?"

"아니야! 아껴 먹고 싶어! 그나저나 태민이 너는 왜 안 먹어? 같이 먹어야지."

"난 떡국 싫어해."

"아니야. 오늘부터 좋아해야 돼. 빨리 가져와. 아니다, 아빠가 가져올게. 떡국 줄어드는 게 아깝기는 하지만 우리 작은아들이니까 선심 써서 주는 거야."

"난 싫다니까."

속으로 피식거리던 태진이 고개를 들어 태민을 봤다.

"너도 먹어."

그러자 태민이 순간 흠칫 놀랐다. 태진은 최대한 부드럽게 말했는데도 저런 반응에 난감했다. 그때, 어머니가 웃으며 말했다.

　"형아가 지금은 웃을 수 없어서 그래. 그래도 잘 들어 보면 태민이한테 엄청 부드럽게 말했어. 엄마 말이 맞지?"

　태진은 태민의 반응을 그제야 이해했다. 표정 없이 말하다 보니 오해할 만했다. 태진이 어머니의 물음에 고개를 끄덕이자 태민의 얼굴에 보일 듯 말듯 미소가 지어졌다. 그러고는 아버지가 재빠르게 가져온 떡국을 입에 넣었다.

　"아……."

　아버지는 재미있는지 큭큭 대며 웃었고, 어머니는 재미있어하는 아버지에게 그만하라고 손짓했다. 하지만 그런 어머니도 웃고 있었다. 그때, 태민이 수저를 내려놓더니 아버지를 봤다.

　"역시 떡국은 맛이 없어. 아빠, 더 먹어."
　"어?"

　재미있어하던 아버지는 순식간에 난감한 표정으로 변했고, 어머니에게 도움을 요청했다. 그러자 어머니가 피식 웃더니 태민에게 말했다.

"한태민."
"응?"
"먹어가 뭐야. 드세요라고 해야지."
"응, 아빠 다 드세요."

아무런 맛도 느껴지지 않는 떡국을 다 먹게 생긴 아버지는 원망이 가득한 표정으로 어깨까지 으쓱거렸다. 그리고 그 모습을 본 태진은 표정이 없었기에 아무도 몰랐지만 집으로 돌아와 처음으로 미소를 지었다.

*　　　　*　　　　*

떡국 사건 이후로 태진은 조금씩 변했다. 식사를 가족과 같이 하는 건 물론이고 식사 시간이 아니더라도 거실에 나와 있는 시간이 늘었다. 그러다 보니 가족과의 대화도 점점 늘고 있었다. 하지만 대화가 그렇게 쉽지는 않았다.

어머니나 태진은 항상 집에만 있었기에 딱히 대화할 만한 주제가 없었다. 그러다 보니 아직 어린 막내 태은을 보며 예전 이야기를 하는 게 대부분이었다.

"우리 태은이는 큰형아하고 똑같네."
"큰형아도 나처럼 달리기 잘했어? 나 완전 빨라! 이거 봐!"

다다다닥!

다행히 1층이라서 망정이지 아래층이 있었더라면 매일 사과를 했어야 될 판이었다.

"이거 봐! 나 빠르지? 나 학교에서 제일 빨라."
"그러네. 큰형아만큼 빠르네."

태은이 갑자기 태진을 쳐다봤다. 그러고는 태진의 다리를 아주 살짝 두드렸다.

"큰형아도 꽤 빨랐나 본데?"
"어······?"
"안타까워. 에이고."

어머니는 태은의 말투를 듣고 헛웃음을 뱉었다. 팔을 움직일 수 없는 자신을 대신해 부모님이 돌봐 주신 시간이 많다 보니 그대로 배운 모양이었다.

"큰형아가 안타깝기는."
"할머니가 울면서 맨날 그랬는데?"
"형아가 할 수 있는 게 얼마나 많은데."

아직 아무것도 모르는 어린 동생의 말이었기에 웃어넘길 수 있었다. 다만 예전이라면 할 수 있는 게 많았겠지만, 지금은 동생을 안아 주는 것도 못 하는데 할 수 있는 것이 있을 리가 없었다. 그런데도 어머니는 태진이 할 수 있는 게 많다며 연신 칭찬하기 바빴다.

"형아는 태은이만 할 때부터 다 잘했어."
"나도 다 잘해. 나 축구도 잘해!"
"엄마도 알지. 형아도 엄청 잘했어. 형아는 축구선수 흉내도 잘 냈는데?"
"진짜?"

태진은 표정 변화 없이 멋쩍게 웃었다. 앞으로는 할 수 없는 것들이었다. 그때, 엄마의 말이 들려왔다.

"태은이는 축구선수 박성지 알아?"
"몰라."
"몰라? 엄청 유명한 축구선수가 있거든. 형은 그 사람 목소리까지 똑같이 했어. 한번 들려 달라고 해 봐."

사고 이후로 단 한 번도 해 본 적 없었지만 예전에는 사람 흉내 내는 걸 좋아하고 잘했었다. 폼도 흉내 내고 그걸로는 부족해 목소리까지 흉내 냈다.

"형아, 해 봐. 내가 들어 줄게."
"그래, 태은이한테 한번 보여 줘."

약간이라도 기대하는 표정이라면 한번 해 볼 수도 있었을 텐데 태은은 별로 관심이 없어 보였다. 지금도 그저 장난감만 만지면서 뛰어다니고 있었다. 하지만 어머니는 웃으면서 태진을 부추겼다.

"한번 해 봐. 오랜만에 엄마도 좀 들어 보게."
"됐어요."
"그런데 이상하네? 왜 우리 태진이가 갑자기 존댓말을 하지?"

그동안 제대로 된 대화라고 해 봐야 아프다는 말을 한 것밖에 없었다. 그러다 보니 어머니와의 대화인데도 조금 어색하게 느껴져 존댓말이 나왔다.

"어른스러워진 거 같네. 우리 태진이가 벌써 어른이 되는 거야? 이야. 대단하네."

어머니는 별것도 아닌 일에도 의미를 부여하며 칭찬을 했다.

"그래도 벌써 어른이 될 필요는 없어. 그래도 태진이가 존댓말하고 싶으면 그렇게 해."

"알았어… 요."
"대신! 박성지 좀 보여 줘."

태진은 멋쩍게 웃었다. 오랜만에 해 보는 터라 속으로 한 번 따라 해 본 뒤 목을 가다듬었다.

"어, 우리 대표 선수들… 어?"
"응?"

태진과 어머니는 서로를 쳐다봤다. 표정이 없는 태진은 입을 쩍 벌린 채 자신의 목을 만지고 있었고 어머니는 동그래진 눈으로 놀람을 표현했다.

"어……?"
"아들, 그동안 연습했어? 아니면 엄마가 모르는 사이에 변성기가 왔었어?"

예전에 따라 할 때는 이 정도까지는 아니었다. 그런데 지금은 성대모사를 한 스스로가 듣기에도 너무 똑같았다. 태진은 다시 목을 가다듬고 흉내를 냈다.

"우리 대표 선수들이 열심히 했기 때문에, 뭐 다들 다치지 않고 이뤄 낸 성과이므로 만족한다고 생각합니다."

어머니는 눈을 껌뻑거리면서 태진을 봤다. 평소라면 바로 칭찬이 나올 텐데 많이 놀란 모양이었다. 둘은 한동안 놀란 표정으로 서로를 쳐다봤다.

"태진아, 뭐 틀어 놓은 거 아니지? 엄마한테 장난하는 거 아니지?"
"음… 우리 대표 선수들이… 와……."

뛰어 놀던 막내 태은도 이상했는지 어머니의 목을 끌어안았다.

"큰형아 목소리 이상해. 누구야?"

신기한 표정을 짓던 어머니의 얼굴에 점차 미소가 생겨났다.

"연습했어? 예전에도 똑같았는데 지금은 완전 똑같네. 박성지가 옆에서 말하는 거 같아."
"우리 대표 선수들이……."

스스로도 너무 신기한 나머지 계속 따라 해 보게 됐다. 계속해서 흉내를 내자 태은이가 인상을 찡그렸다.

"큰형아 이상한데? 내가 안타까우려고 그래."
"뭐? 안타깝다는 말은 이럴 때 하는 게 아니야. 지금은 형아가 연습한 걸 보여 주는 건데 그러면 안 되지."

"난 누군지 모르니까 그러지."

그 와중에도 태진은 혼자 중얼거렸다.

"그대와 나 우리가 함께한 지난날들."

"역시 송지누다. 그 으려운 상황에서도 자기 투구를 한다는 거 증말 대단하다."

"나 완전히 새 됐어."

태진은 사고 전 줄곧 따라 하던 가수의 노래를 부르기도 했고, 야구 해설위원의 목소리를 따라 해 보기도 했다.

'뭐야……'

스스로 듣기에도 따라 하는 사람마다 너무 똑같았다. 어떤 게 자기 목소리인지 헷갈릴 정도였다. 태진은 거기서 멈추지 않고 예전에 따라 해 보려다가 실패했던 사람들도 흉내 냈다. 분명 안 됐던 사람들인데 지금은 상당히 비슷하게 됐다.

'무슨 일이지?'

안 좋은 일만 겪다 보니 자신의 변화에 덜컥 겁이 났다. 이제 가족들과 응어리를 풀기 시작했는데 만약에 여기서 더 안 좋아

진다면 다시 방 안에 처박혀 있게 될 것 같았다. 그때, 중학생이
된 태민이 학교를 마치고 돌아왔다.

"다녀왔습니다."

태민은 거실에 있는 태진을 살펴보고는 가방도 내려놓지 않
고 소파에 앉았다. 예전부터 고집이 센 건 알았지만 세도 너무
셌다. 여전히 태진이 다친 게 자신의 탓이라고 생각하고 있었다.
전과 다르게 전부는 아니었지만, 자신의 잘못도 일부 있다고 생
각했다.

그런데 만약에 또 방에 틀어박혀 있는다면 태민도 똑같이 상
처를 받을 것 같았다. 이건 이제 자신만의 문제가 아니었다. 그
것이 부담스럽기도 했지만, 한편으로는 밑바닥으로 떨어지지 않
도록 받쳐 주는 느낌도 있었다. 태진은 안쓰럽기도 하고 고맙기
도 한 마음에 태민을 봤다.

예전에는 잘 웃던 녀석이 이제는 잘 웃지도 않았다. 마치 자신
처럼 표정을 잃어버린 사람 같았다. 태진의 시선을 느낀 태민은
민망한지 TV를 틀었다.

태민은 태진이 예전에 자주 보던 가요 프로그램을 찾아서 틀
어 놓고는 리모컨을 옆에 놔두었다. 그러자 막내 태은이 갑자기
어머니의 목을 끌어안았다.

"엄마! 나도 TV 볼래. 나 개구리중사 볼래."

그러자 어머니 대신 태민이 말했다.

"안 돼. 형 이거 볼 거야."
"아! 왜! TV가 형 거야?"
"시끄러우니까 조용히해. 너 이제 초딩이니까 만화 그만 볼 때
도 됐어."
"아! 왜! 엄마! 나 개구리중사 볼래."

가요 프로그램을 자신 때문에 틀어 놓은 걸 알고 있던 태진은
조용하게 말했다.

"난 들어가려고 그랬어. 태은이 보게 그거 틀어 줘."

그러자 태민이 막내를 쳐다봤다.

"안 된다고 했지. 큰형 들어간다잖아."
"아! 왜!"

방에 들어가서 조용히 목소리에 대해 생각해 보려던 참이었는
데 그럴 수 없게 되어 버렸다. 막내 태은이는 어머니의 팔이 아
픈 줄 모르는지 팔까지 잡고 흔들고 있었다. 그 모습을 본 태민
이 나서려 할 때, 태진이 먼저 입을 열었다.

"알았어. 형 안 들어갈 거야. 개구리중사 같이 보자. 태민아,

개구리중사 틀어 줘."

"응."

"넌 좀 씻고 와."

"응."

태민은 태진의 말이 명령이라도 되는 듯 바로바로 움직였다. 명령이 아니라 권유였는데. 아무래도 표정이 없어서 그런 것 같았다. 이건 시간이 해결해 주는 방법밖에 없는 것 같았다.

그때, TV에서 개구리가 나오는 만화가 나오기 시작했다. 그러자 뛰어다니던 태은이 태진의 휠체어에 가까이 앉았다. 그래도 막내 태은과는 조금 친해진 것 같다고 생각할 때 태은이 고개를 돌리며 말했다.

"큰형아 어디 가지 마."

"나? 나 어디 가?"

"방에 가지 말라고. 작은형이 다른 거 튼단 말이야."

"아… 하하, 알았어. 다 볼 때까지 옆에 있을게."

친해져서가 아니라 채널 때문이었지만 자신을 필요로 하는 느낌이 나쁘지 않았다. 그렇게 막내와 TV를 보며 태진은 방금 전 이상함을 느꼈던 흉내를 생각했다.

'초능력인가? 에이……'

스스로도 이상하다고 느낄 정도로 똑같았다. 태진은 확인차 다시 중얼거리기 시작했다.

'이상하네… 엄마도 놀랄 정도로 똑같은데.'

태진이 계속 중얼거리는 사이 갑자기 태은이 고개를 돌려서 쳐다봤다.

"시끄러워."
"아, 미안."

8살이나 차이 나는 동생에게 혼나 버렸다. 태진은 동생의 뒷모습을 보며 입꼬리를 올린 뒤 같이 TV를 봤다. 하지만 좀처럼 집중되지 않았다. 내용보다는 TV에 나오는 목소리만 들려왔다.

'따라 할 수 있을 거 같은데……'

태진은 목을 가다듬고 방금 전에 성우가 한 대사를 뱉었다.

"우주 최강의 청소 개구리! 전설!"

그러자 태은이 갑자기 고개를 빠르게 돌렸다.

"뭐야? 왜 뒤에서도 소리 나? 형아, 리모컨으로 뭐 만졌어?"

"아니, 아니야."

"안 되겠어. 리모컨 내가 가지고 있을래."

바로 옆에서 따라 했는데도 성우라고 오해할 만큼 똑같았다.

'너무 짧아서 오해할 수도 있지.'

이번에는 만화의 주인공을 따라 할 생각으로 주인공의 대사에 귀 기울였다. 개구리가 자신을 소개하는 부분이 나왔고, 대사도 어렵지 않았다. 게다가 무엇보다 따라 할 수 있을 것 같았다.

"이 몸은 바로 온 우주를 두려움에 떨게 만들었던! 키루루 중사라고 합니다!"

"뭐야! 리모컨 또 있지!"

"똑같아?"

"뭐야!"

이번에도 태은은 TV에서 나온 소리인 줄 착각했다. 태진은 그런 동생을 보며 방금 TV에 나온 대사를 그대로 따라 했다.

"으아아아, 바보 개구리라니! 정말 너무하십니다!"

"……."

태은은 눈을 깜짝거리면서 태진과 리모컨을 번갈아 쳐다봤다.

"리모컨에서 소리가 나는 게 아닌데! 그것도 모르십니까!"

"어! 뭐야! 엄마! 엄마! 큰형 이상해!"

"하하하하. 우주 최강이라서 그런 겁니다!"

태은은 신기한 표정으로 태진을 이리저리 살폈다. 그러더니 갑자기 달려들어 손까지 확인했다.

"이상하네. 진짜 아무것도 없는데."

"진짜 똑같습니까?"

"아! 뭐야! 어떻게 했어? 나도 알려 줘!"

얼굴을 보고 했는데 똑같다는 말을 들을 정도였다. 성대모사를 하는 태진 스스로도 놀랄 정도로 똑같았다. 신기한 건 신기한 거고 지금은 막내의 반응이 더 재미있었다.

"사실 내가 키루루 중사입니다. 잠시 변장하고 있는 중입니다."

그러자 태은이 태진을 위아래로 훑더니 갑자기 혀를 찼다.

"누굴 애로 아나."
"뭐?"
"어떻게 한 건데. 나도 알려 줘. 학교 가서 친구들한테 보여 주
게."

누가 같은 핏줄 아니랄까 봐 태진이 하던 짓을 똑같이 하겠다
는 말에 웃음이 나왔다. 태진은 웃어넘기려 했다. 하지만 태은은
멈추지 않았다.

"알려 달라니까. 빨리, 빨리! 큰형아! 나도 알려 줘."

태민의 고집도 닮아 있었다. 잠깐 그러고 멈출 줄 알았는데
방에까지 따라 들어와 알려 달라고 할 줄은 몰랐다.

"안 알려 주면 못 자!"

＊　　　　＊　　　　＊

한 달 뒤, 사고 이후 한동안 TV도 보지 않았던 태진이 다시
TV에 빠져 있었다. 침대에서 생활을 하다 보니 TV 보는 시간이
훨씬 많아졌다.
뉴스부터 예능, 드라마 등 별의별 프로그램을 다 보는 중이었

다. 그리고 가만히 보는 것이 아니라 나오는 사람들을 따라 했다. 배우들의 연기도 따라 했고 가수들의 노래도 흉내 냈다. 심지어는 뉴스 앵커들까지 흉내 냈다. 누구에게 보여 줄 일도 없는데도 하루 종일 흉내를 내며 시간을 보냈다.

"신기하네."

스스로도 신기하다고 느낄 정도로 너무 똑같이 따라 할 수 있었다. 성대모사의 달인, 인간 복사기라고 불리는 몇 명의 개그맨들보다 더 똑같이 따라 했다. 그리고 따라 할 수 있는 사람의 수도 엄청났다. 웬만한 사람은 한 번만 보고도 가능했고, 연기를 잘하는 배우들도 몇 번 따라 해 보면 가능했다. 하지만 몇몇은 아무리 해 봐도 따라 할 수 없었다. 거기다 성별이 다른 여자의 경우도 기본 성대의 차이 때문인지 따라 하기가 쉽지 않았다.

그리고 같은 남자의 경우에도 그런 사람들이 있었다. 연기를 잘하는 걸 넘어 메소드 연기를 한다고 불리는 몇몇 배우들과 가창력이 아주 뛰어난 가수들이었다. 감정을 따라 할 수 없는 건가 싶어 며칠을 시도해 봤지만 도저히 따라 할 수가 없었다. 그래도 연기는 아니더라도 인터뷰나 일상생활에서 하는 말투는 비슷하게 흉내가 가능했다.

매일 TV를 보며 흉내 내는 짓을 하다 보니 이제는 따라 할 수 있을지 없을지를 판단하는 감도 생겼다. 상체는 움직일 수 있었기에 손동작 같은 걸 따라 해 보기도 했고, 실제로 비슷하게 흉내 낼 수 있었다. 목소리뿐만이 아니라 동작까지 가능했다. 몸만 멀쩡했다면 완벽하게 따라 할 수 있을 것 같았다. 몸이 멀쩡했다면 개그맨이 될 수 있을 것 같았다. 진짜 몸만 멀쩡했다면.

그래도 전처럼 실의에 빠지지는 않았다. 사람이 적응의 동물이라는 게 맞는 듯 지금의 생활에 어느 정도 익숙해져 버렸다. 그리고 화목해진 집안 분위기를 전처럼 다시 어둡게 만들고 싶지 않았다. 그때, 방문을 두드리는 소리가 들렸다.

텅, 텅.

"들어오세요."

집에서 유일하게 노크하는 사람은 어머니였기에 당연히 어머니라고 생각했다. 그래서 대답했는데 밖에서 아무런 말도 들리지 않고 또 노크를 했다.

텅, 텅, 텅, 텅.

"네, 저 안 자요."

그러자 밖에서 막내 동생 태은의 목소리가 들렸다.

"나 공놀이 하는 중."

"하……."

막내 동생이 태진의 방문에 대고 공을 튀기고 있었다. 태진은
헛웃음을 뱉고는 다시 TV를 봤다. 그런데 공을 튀기는 소리가
계속 들리자 신경이 쓰였다.

"한태은, 다른 벽에다가 던져 줄래?"

부탁이 먹힐 리가 없었다. 태진은 헛웃음을 뱉고는 닫힌 방문
을 쳐다봤다. 이럴 땐 또 방법이 있었다.

"야, 너, 큰형 방해하지 마라."

둘째 태민의 목소리를 흉내 내자 공 소리가 바로 멈춰 버렸다.
그러고는 방문이 천천히 열리더니 막내가 고개를 빼꼼히 내밀었
다.

"작은형아 여기 있어?"
"어. 침대 밑에 누워 있어. 태민이 불러 줘?"
"아니야, 아니야. 작은형아 왜 학교 벌써 끝났지? 이상하네."

태은이 조심스럽게 문을 닫고 나가자 태진은 상체가 흔들리도
록 웃었다. 누군가를 따라 할 수 있게 된 걸 막내에게 가장 잘
써먹고 있는 중이었다. 한참을 큭큭 대면서 웃던 태진이 갑자기

인상을 찡그렸다. 이놈의 두통은 도대체 왜 사라지지 않는지 알 수가 없었다.

며칠 전 다녀온 병원에서도 점차 사라질 거라고 했는데 하루에 한 번씩은 꼭 두통약을 먹어야 했다. 태진은 두통약을 먹기 위해 침대 옆 협탁을 봤다. 어머니가 가져다 놓은 물통이 비어 있었다. 태진은 물을 가져올까 고민을 하다가 다시 방문을 쳐다봤다.

"야, 한태은. 큰형 물 좀 가져다줘."
"아! 왜! 형이 갖다줘."
"야, 너 컴퓨터 하지 마."
"아, 왜! 지금 가져간다고!"

두 동생들이 같은 방을 쓰고 있었고, 태민은 늘 컴퓨터로 막내를 협박했다. 그것을 봐 온 태진은 그대로 따라 했다. 그러자 막내 태은이 금방 물을 가져왔다.

"자, 여기. 작은형, 나 그럼 컴퓨터 해도 돼?"

막내 태은이 반대편 침대 밑을 쳐다보려고 기웃거리는 모습에 태진은 웃음을 참지 못하고 뱉어 버렸다.

"푸하하하."

그러자 상황을 파악한 태은이 태진을 노려봤다.

"아! 진짜! 뭐야! 재밌냐?"
"하하하하. 미안해. 태은아, 미안해."
"진짜 형아들 때문에 내가 못살겠다."

침대 생활을 하면서 유일하게 느끼는 재미였다.

*　　　　*　　　　*

몇 년 뒤. 올해 22살로 성인의 나이였지만, 태진의 생활은 변함이 없었다. 그나마 많이 익숙해져 대부분의 생활은 혼자 가능했다. 그래서인지 부모님도 마음을 놓고 일을 갈 수 있었다. 왼쪽 팔을 움직일 수 없는 어머니는 장애인 채용을 이용해 일을 구하셨다.

서울시에서 지원하는 일자리였고, 바리스타 자격증을 공부하며 일할 수 있는 카페였다. 아버지가 심하게 반대했었지만, 이번만큼은 어머니도 굽히지 않았다. 태진은 어렴풋이 이유를 알고 있었다.

사회생활을 하진 않았지만 TV를 통해 사회를 배웠다. 드라마에서 배웠고, 뉴스를 통해서도 배웠다. 사람다운 삶을 살기 위해서는 돈이 필요했다. 돈 때문에 살인도 나는 세상이었다. 그런데 태진의 병원비, 약값 등이 만만치 않았다. 그리고 태진의 미래를 생각해서 조금이라도 일을 하는 것 같았다. 그리고 둘째 태민마저 고등학교를 졸업하고 곧바로 일을 다니고 있었다.

그러다 보니 가족들에게 항상 미안했다. 나이가 먹을수록 미안함은 더 커졌고, 미안함이 커질수록 가족들에게 짐이 되지 않을까 하는 걱정도 커졌다.

그래서 더 혼자 생활하는 걸 연습하고 있었다. 하나씩 하나씩 늘려 가던 것이 이제는 혼자서 샤워까지 가능해졌다. 그리고 불가능하다고 생각한 것들을 해낼수록 약간의 자신감도 붙었다.

지금도 태진은 혼자 생활할 수 있도록 팔 힘을 기르는 운동을 하던 중이었다. 무엇을 하든 팔 힘이 있어야 가능했다. 재활치료에서 배운 대로 휠체어에서 내려오는 연습을 시작으로 등과 어깨운동까지 했다. 남들이 보기에는 별것 아닐 수도 있었지만, 태진은 간단한 운동을 하면서도 땀이 비 오듯 쏟아졌다.

잠시 뒤, 운동을 끝낸 태진은 샤워를 하기 위해 화장실로 향했다. 그러던 중 태민과 태은이 함께 쓰는 방에서 키보드 두드리는 소리가 들렸다. 방문을 쳐다보던 태진은 얼굴을 썰룩거리더니 크게 말했다.


"야, 한태은! 너 또 게임하지?"

"아니야! 작은형 벌써 왔… 어? 아이 씨, 또 형이야? 아! 진짜!"

"푸하하, 그러니까 게임 좀 작작 해. 방학이라고 집에서 게임만 하니까 그런 거지."

"진짜 나한테 왜 그러는 건데. 아오!"

"태민이 올 때 됐다고 알려 준 거야. 너, 태민이한테 걸리면 설
교 들어야 돼."

"아… 벌써? 작은형 이번 주 야간 파트였어?"


두 동생들은 물론이고 부모님까지 본인들과 똑같다고 느낄
만큼 목소리를 흉내 낼 수 있었다. 물론 TV에 나오는 사람들을
흉내 내는 것까지 똑같다며 놀라워했다. 그리고 이를 가장 많이
써먹는 건 막내를 놀릴 때였다.


방에서 나온 태은은 짜증이 난 표정으로 툴툴거렸다.


"형 때문에 그냥 꺼 버렸잖아!"

"그러니까 조금만 해."

"조금만 하려고 그랬거든. 지금 몇 시야. 작은형 오려면 30분
은 남았네. 한 판만 더……."


태은은 말을 하다 멈추고는 태진을 쳐다봤다. 그리고는 무척
조심스럽게 말했다.


"큰형, 작은형한테 오늘 산책 갔다 왔다고 그럴까?"


태은의 속셈을 안 태진은 얼굴을 씰룩거리며 말했다.

"당연히 안 되지. 날도 추운데 무슨 산책이야."

"나야 좋은데… 그래도 나가는 게 좋지 않아? 형도 답답하잖아."

"추워."

"그래도… 그럼 형 휠체어에 흙이라도 묻혀 놓을까?"

"크크크, 아주 계획적인데?"

"저번에 작은형한테 걸려서 나 한 시간이나 설교 들었어."

사실 태진에게 있어 산책은 즐겁지만은 않은 일이었다. 밖에서 마주치는 사람들의 시선이 굉장히 부담스러웠다. 처음 보는 사람들은 그냥 안쓰럽게 쳐다보고 지나갈 뿐이었지만, 많이 본 사람들의 시선이 부담됐다.

같은 동네에서 오래 살았기에 어렸을 때부터 봤던 사람들도 많았다. 사고 이전의 모습부터 지금의 모습까지 알고 있는 사람들이 너무 많았다. 그리고 그런 사람들은 꼭 말을 걸었다. 말을 거는 대상이 자신이었다면 모를까 꼭 함께 산책하는 가족들한테 말을 걸었다.

"어이구, 또 형 답답할까 봐서 산책 나왔어? 넌 진짜 복 받았다. 형을 이렇게 챙기는 동생들이 어디 있어."

복을 받기는 개뿔이. 그런 말을 들을 때마다 당신이 휠체어 타고 다니면 가족도 아닌 내가 매일 산책시켜 주겠다는 말이 목구멍까지 나왔다.

그리고 동생들이나 부모님도 그런 말을 좋아하지 않았다. 그런 건 오히려 가족관계를 어색하게 만들 뿐이었는데 꼭 그런 말을 하곤 했다. 그렇다 보니 차라리 산책을 안 다니는 게 마음이 편했다.

하지만 둘째 태민은 정해진 일과를 하듯 산책을 나가려 했다. 자신이 못 나가면 태은에게 시켜서까지. 아직도 태진의 사고에 자신의 잘못도 있다고 생각하고 있었다. 그렇기에 산책을 안 따라나설 수도 없었다. 그때, 현관문 열리는 소리가 들렸고, 태진과 태은은 눈빛을 주고받으며 고개를 끄덕거렸다. 그리고 집으로 들어온 태민은 신발을 벗지도 않은 채 두 사람을 쳐다봤다.

"왜 둘 다 거실에 나와 있어?"
"아니, 그냥. 일찍 왔네."
"어, 일찍 끝났어. 형, 나랑 좀 나가자."
"어? 나 태은이랑 산책 다녀왔는데?"

태진은 막내 동생 태은에게 도움의 눈빛을 구했다.

"어, 맞아. 큰형이랑 아까 다녀왔어."
"한태은."
"응……?"
"내가 제일 싫어하는 게 거짓말이라고 말했지."
"응……."

"너, 지금 머리 안 감아서 사자 같은데 네가 그러고 나갔었다고? 집 앞 마트 가면서도 옷 다 차려입고 나가는 놈이?"

"아, 모자 쓰고… 아… 큰형 미안."

태은이 미안한 표정으로 한발 물러섰다. 이대로 두면 태은에게 불똥이 튈 수도 있었기에 태진은 서둘러 입을 열었다.

"잠깐 집 앞에 나갔다 왔지. 알았어, 나가자. 추우니까 나 패딩 좀 입혀 줘."

"한태으……."

"아! 빨리 나가자니까. 태은아, 형 패딩 좀 가져와."

태은은 재빠르게 방으로 가더니 모자부터 패딩까지 모두 챙겨 나왔고, 둘째 태민의 눈치를 보며 하나씩 입혀 주었다. 그런 태은을 보던 둘째 태민의 입이 열리려는 모습에 태진은 서둘러 입을 열었다.

"빨리 가자. 나가고 싶다! 빨리 나가자니까 뭐 해. 서둘러!"

*     *     *

산책을 시작한 지 한 시간이 가까워질 무렵 태진은 고개를 돌려 태민을 쳐다봤다. 마주하는 시간이 많다 보니 표정만 봐도 어떤 기분인지 알 수 있었다. 그런데 지금 태민의 표정은 상당히 진지해 보였다.

"너 오늘따라 이상한데? 무슨 일 있었어?"
"없었어."
"이상한데."

평소에도 말수가 적은 태민이었지만, 오늘은 유독 더 말이 없
었다.

"말해 봐."
"없었다니까."
"너, 지금 여기 어딘지나 알고 걷고 있어?"
"아……."
"맨날 아파트 단지만 빙빙 돌던 놈이 오늘은 처음 보는 곳까
지 왔잖아. 무슨 일인데."

주변을 살펴보던 태민은 헛웃음을 뱉었다. 그러고는 목을 가
다듬고선 조심스럽게 태진에게 말했다.

"형."
"응?"
"나… 부탁이 있어. 거절하지 말고 들어줄 수 있어?"

어떤 부탁인지 알 수 없었지만 사고 이후로 이런 적이 처음이

었기에 태진은 듣지도 않고 바로 대답했다.

"뭐든지 말해 봐."

제2장
—
다시 시작

　대답부터 하긴 했지만 생각해 보니 부탁을 한다는 말이 약간 이상했다. 어느 정도 짐을 덜어 낸 것 같기도 해서 좋기도 했는데 한편으로는 자신에게 부탁할 정도로 안 좋은 일이 생긴 건 아닌가 걱정도 되었다.

　어려운 부탁인지 태민은 말을 하지 않고 계속 입술만 깨물었다. 그럴수록 태진의 초초함도 더해 갔다. 그때, 태민이 말을 꺼내겠다고 다짐했는지 태진을 불렀다.

"형, 진짜 들어줘."

"알았어."

"아빠, 엄마한테는 이미 말했어."

"아빠, 엄마한테도 말했어?"

"어……."

부모님한테 부탁할 정도인 걸 보면 큰일이 생긴 듯싶었다. 어떤 일인지 생각할 때, 태민이 휠체어를 멈추고 앞으로 다가와 무릎을 꿇었다. 그러고는 눈높이를 맞추고는 태진의 다리에 손을 올렸다.

"내가 임상시험 신청했어."
"임상시험? 왜, 그 정도로 돈이 급해?"
"나 말고 형. 동인대학병원 임상시험 센터에서 진행하는 거야. 하반신마비 환자를 대상으로 하는 임상시험."

태진은 태민의 눈을 마주 봤다. 이번에도 자신에 관한 일이었다. 그런데도 태민의 표정에는 항상 미안함이 묻어 있었다. 다시 걸을 수 있을지도 모른다라는 건 쓸데없는 희망이라는 걸 알고 있었고 희망을 갖는 게 오히려 고통스러웠다. 태민도 그런 걸 알기에 저런 표정을 짓고 있는 것일 테고. 태진은 태민이 더 이상 자신에게 얽매이지 않았으면 하는 생각으로 아무 말 없이 태민을 바라봤다. 그러자 태민이 먼저 입을 열었다.

"내 마음대로 신청해서 미안해. 그런데 기간이 급했어. 그 정도로 이번에는 정말 괜찮아. 신청자도 많아서 확정은 아니지만, 사람들이 몰릴 만한 시험이야."
"그렇구나."

태민의 마음이 고마웠지만, 더 이상 희망을 갖지 않으려 덤덤하게 대꾸를 했다. 그럼에도 태민은 태진을 설득하기 위해 그 어느 때보다 많은 말을 하고 있었다.

"형이 조건이 완벽해. 척수 손상으로 인한 하반신마비 환자가 대상이거든. 이미 4년 전에 수술한 사람이 있어. 그리고 그 사람, 지금은 걸을 수 있대. 그리고 치료비도 안 들어. 척수손상재단하고 줄기세포재단에서의 지원으로 이뤄지거든."

지금처럼 태민이 말을 많이 할 때는 늘 태진에 관한 일을 말할 때뿐이었다.

"형은 평소에 마사지도 많이 받고 관리도 잘해서 거의 1순위나 다름없어. 대신… 대상자가 되면 치료 과정하고 결과가 공개될 수도 있어. 얼굴이 공개되긴 해도 걸을 수 있는 게 더 나을 거 같았어. 그리고 재활치료도 많이 힘들 거래. 그런데 그건 내가 많이 도울게."

태진은 태민이 하반신마비에 관한 것들을 알아보기 위해 얼마나 많은 시간을 투자해 가며 시간을 보내는지 알고 있었다. 취미는 둘째 치고 휴식도 없는 삶을 살고 있었다. 공부도 꽤나 잘했던 녀석이었는데 대학도 포기한 채 곧바로 취업에 들어갔다. 그리고 대부분의 월급을 태진의 치료에 사용했다. 태진은 동생 태민이 왜 그렇게 살아가는지 알고 있었기에 더욱 안쓰러웠고 미안했다.

"내가 알아보니까 형이 신청 조건에 딱 맞아. 아까 말했듯이 한 차례 성공해서 이번에는 마비된 기간이 10년 정도 된 사람을 찾더라고. 그게 후각초성화세포라고 코 신경세포를 사용하는 거래. 형이 신경섬유 손상이잖아. 그걸 복원해 줄 수 있대. 이미 한 차례는 성공했으……."

태민의 말을 듣고만 있던 태진은 동생의 말을 끊고 입을 열었다.

"태민아."
"어?"
"알았어. 내가 임상시험 대상자로 선택되면 받을게."
"어, 진짜?"
"그래. 대신 조건이 있어."
"형 낫게 하는 데 무슨 조건이야?"
"그럼 안 한다?"
"아니야! 아니야. 말해."

태진은 앞에서 무릎 꿇고 있는 태민을 지긋이 쳐다봤다. 지금 당장 해 줄 수 있는 건 이것밖에 없는 것 같았다.

"만약에 내가 확정되면 너도 다시 공부해서 대학 가."

"어? 올해 수능도 끝났는데 무슨 대학이야."

"너 이제 20살이야. 내년에 봐도 21살이고. 삼수 했다고 생각하고 대학 가."

"그럼 집안일은 누가 하고. 형 재활받아야 된다니까?"

"집안일을 왜 네가 해."

"그럼 누가 해. 엄마도 아파. 아빠도 요즘 밤늦게 퇴근하고."

"다 나눠서 하면 돼. 나도 도울게. 그러니까 너도 편하게 살아. 너 아무것도 잘못한 거 없어."

아직까지 국자를 들고 있던 어린 태민의 모습이 잊히지가 않았다. 처음부터 네 탓이 아니라고 했으면 달라지진 않았을까 생각될 만큼 태민을 볼 때마다 자신의 행동이 후회되었다. 그때부터 지금까지 변함없는 태민의 모습이 떠오르자 태진은 씁쓸하게 웃을 수밖에 없었다.

"너 없어도 잘해. 어머니도 이제 괜찮으셔. 그리고 태은이도 잘하고. 아버지도 잘하시고. 참, 그리고 태은이한테 너무 설교하지 마. 차라리 혼을 내."

행여나 엄마가 아파서 제대로 돌보지 못해 버릇없이 자랐다는 말을 들을까 봐 한 행동이란 걸 알고 있었기에 태진도 가볍게 말릴 뿐이었다. 그럼에도 태민은 별 반응이 없었다. 태진은 참 한결같은 동생이라고 생각하며 가볍게 웃고는 말을 이었다.

"아무튼 대학 가. 어렸을 때 작가 하고 싶다고 그랬잖아."

그렇게 책을 좋아하던 태민이 사고 이후 책을 멀리했다. 그렇기에 지금도 꿈이 작가인지는 알 수는 없었다. 워낙 자신에 대해 말을 안 하는 녀석이었다. 태진이 이런 조건을 건 이유는 혹시 트라우마 때문에 일부러 책을 멀리하고 있을 수도 있다는 생각 때문이었다. 예전에 좋아하던 책을 다시 읽게 된다면 짐을 조금이라도 덜어 낼 수 있을 것 같았다.

"싫으면 나도 안 할래."

그러자 태민의 인상이 살짝 찡그려졌다. 잠시 고민하는 표정으로 아무 말도 없이 입술만 움찔거렸다. 잠시 뒤 결정을 했는지 입을 열었다.

"대학은 안 갈래."
"그럼 나도……."
"아니, 대학만 안 간다는 거야. 작가는 대학 안 가도 돼. 그냥 쓰면 돼."
"그래? 그럼 그냥 써 봐. 나 재활치료 받는 데 몇 년 걸린다며. 너 대학 졸업할 때까지, 아니면 글 한 편 다 쓸 때까지 나도 다시 걸을 수 있도록 재활치료 열심히 받아 볼게."

태민을 위해 했던 말이었는데 태진도 혹시라도 다시 걸을 수 있게 되지 않을까 하는 희망이 싹트고 있었다. 태진은 태민이 눈치채지 못하도록 손에 힘을 주어 다리를 만져 봤다.

'다시 걷기는 힘들겠지……'

희망의 싹을 스스로 뽑으려던 순간 태민이 무덤덤한 말투로 입을 열었다.

"그래, 알았어. 반드시 글 쓸 테니까 형 다 나으면 우리 가족끼리 여행 가자. 나도 열심히 할게."

부정적인 생각을 할 틈을 안 주는 태민의 말에 태진은 웃으며 다리를 쓰다듬었다.

        *        *        *

태민이 말한 대로 태진의 상태는 임상시험 대상자 선정 조건에 최적이었다. 하지만 그렇다고 바로 시험 대상자로 선정되는 것은 아니었다. 1차로 선정이 되자 면접이 시작되었다. 한 번이 아닌 여러 번의 면접이었으며 현재 상태를 알아보기 위한 검사는 수시로 이뤄졌고 거기에 더해 심리검사까지 진행되었다.

의료진들이 자신들이 찾고 있던 조건과 너무 잘 맞는다고 했었다. 다만 두통이 문제였다. 그 때문에 세밀한 검사가 진행되었고, 예전 병원에서 검사했던 것과 같은 대답을 들었다. 설명이 조금 더 세밀할 뿐 결국은 지켜봐야 하는 부분이라는 대답이었다.

뇌의 일부분으로 기억과 학습을 관장하는 해마가 문제였다. 무슨 말인지 제대로 이해할 수 없었지만, 두 개 있는 해마 중 왼쪽 해마가 부풀어 오른다는 것이었다. 다만 또 원상태로 복구가 되다 보니 의료진도 지켜보는 방법밖에 없다고 했다. 만약 해마가 위축이 된다면 알츠하이머병이 올 수 있었기에 시험 대상에서 탈락했겠지만, 태진은 오히려 반대였다. 그렇기에 최종까지 검사를 받고 있었다.

그리고 그 면접은 태진에 한해서만 이뤄지는 게 아니었다. 환자인 태진의 회복하겠다는 의지는 물론이고 가족들의 의지까지 필요하다며 가정환경까지 조사했다. 어머니가 불편한 몸이었지만, 크게 문제가 되진 않았다. 아버지나 동생들의 바람이 어머니의 불편함을 채우고 남았다. 오히려 태진이 약간 힘들었다. 세 달이 넘도록 계속된 면접과 조사에 조금은 지쳐 갔고, 가족들의 바람을 느끼다 보니까 만약 선정이 되지 않는다면 어쩌나 하는 불안감도 들었다. 그리고 지금 그 결과를 기다리는 중이었다.

가족 모두가 모인 거실에는 TV 소리만 울리고 있었다. 발표가 뭐라고 아버지는 회사에 월차를 낸 상태였고, 어머니도 다른 직원과 파트를 바꾸었다. 그러다 보니 가족 모두가 거실에 자리했다.

하지만 누구 하나 TV를 쳐다보지 않고 있었다. 아버지부터 동생들까지 모두가 시간을 확인하려는지 계속해서 휴대폰 화면만

들여다보는 중이었다. 그때, 아버지의 휴대폰이 울리기 시작했다. 보호자인 아버지에게 연락이 오기 때문에 어머니와 형제들의 시선은 일제히 아버지에게 향했다. 아버지 역시 긴장이 되는지 크게 숨을 들이마시고는 통화 버튼을 눌렀다.

"네, 네. 이메일이요. 네. 아, 그렇군요."

태진은 안면마비가 표정을 숨길 수 있게 해 줘 다행이라고 느껴질 만큼 무척이나 초조해하며 계속 대답밖에 없는 아버지의 목소리에 귀를 기울였다. 그리고 잠시 뒤 대답만 하던 아버지가 갑자기 벌떡 일어나더니 휴대폰을 붙잡고 고개를 숙였다.

"감사합니다. 정말 감사합니다."

그와 동시에 집안이 떠나갈 정도로 동생들이 소리치기 시작했다. 주먹을 꽉 쥔 채 양손을 들어 올리며 방방 뛰기까지 했다.

"형! 됐어!"
"우와아아! 나이쑤! 큰형! 진짜 잘됐다!"

결과를 알아서인지 태진도 긴장감이 풀리며 한숨을 쏟아 내었다. 수술이 성공적이라는 보장은 없었지만 그래도 가족들의 기대를 저버리지 않아 다행이라는 생각에 불안감이 사라졌다. 그때, 어머니가 태진의 손을 잡았다.

"잘됐다."

"그러게요."

"그리고 앞으로도 잘될 거야. 엄마가 많이 도와줄 테니까 우리 태진이도 용기 잃지 않기다?"

태진에게 용기를 주기 위해 말을 하고 있었지만, 어머니의 손도 떨리고 있었다. 그 정도로 가족 모두가 기뻐해 주고 있었다. 태진은 그런 어머니의 손을 꽉 잡으며 말했다.

"약속한 게 있어서 열심히 해야 돼요."

"약속? 누구하고 약속을 했어?"

가족들은 궁금해하는 표정으로 태진을 봤다. 그러자 태진은 태민을 가리키며 말했다.

"한태민, 약속 지켜라."

"알았어! 지킬게. 걱정하지 마."

어머니는 어떤 약속인지 알지 못하면서도 두 형제를 향해 흐뭇한 미소를 지었다. 그러자 막내가 대화에 끼어들었다.

"어? 둘이 뭔 약속했어? 뭔데? 왜 둘이서만 비밀 있어! 맨날 지들끼리만 쑥덕거려."

그러자 태민이 막내 태은을 보며 말했다.

"한태은, 지들이라니."
"아니! 왜 형들끼리만 그러냐고! 뭔데."
"그럼 너도 형이랑 약속할래? 그럼 알려 주고."
"어? 음, 어? 아, 아니야. 됐어."

뭔가 눈치를 챘는지 한발 물러서는 막내의 모습에 태진은 근육이 굳은 얼굴을 씰룩거렸다. 그때, 통화를 마친 아버지의 환호성이 들려왔다.

"됐어! 이제 된 거야! 태진아 축하한다!"

아버지의 축하에 동생들까지 다시 축하를 건네다 보니 마치지금 당장이라도 일어나서 걸어야 할 것 같은 분위기였다. 들뜬분위기는 한동안 계속되었고, 잠시 뒤 조금 진정이 되자 아버지가 통화 내용을 설명했다.

"자세한 건 메일로 보냈고, 내일 다시 설명해 준다고 그랬어. 거기서 얘기하기로는 2주 뒤에 입원하고 한 달간 몸 상태 관리하면서 필요한 준비를 해야 된대. 무슨 세포 추출도 하고 배양도하고 그러면 수술은 한 달 뒤에 하나 봐."

아버지는 태진에게 용기를 주려는지 환하게 웃으며 태진의 옆으로 자리를 옮겼다.

"수술은 둘째 치고 재활치료가 많이 힘들 거래. 그래도 걱정하지 마. 아빠가 도와줄 테니까 잘할 수 있을 거야."

"나도 도울게."

"나도!"

"아빠랑 태민이 태은이가 저렇게 도와준다니까 엄마까지 도와줄 필요는 없겠는데? 엄마도 돕고 싶은데. 다들 엄마한테 조금씩만 나눠 줘."

재활치료가 얼마나 힘든지 알 수는 없었지만, 가족들의 응원이라면 이겨 낼 수 있을 것 같았다.

*　　　　*　　　　*

1년 뒤. 의사들의 말로는 수술은 대성공이었다. 그리고 태진이 느끼기에도 1년 전과 지금은 하늘과 땅만큼 다르게 느껴졌다. 여전히 혼자 힘으로 걸을 순 없었지만, 배꼽 밑으로 전혀 느끼지 못했던 감각들이 이제는 조금씩 느껴지고 있었다.

"큰형! 형 근육 생겼대."

"봤지? 형이 이 정도야. 그런데 이따가 오지 왜 벌써 왔어? 나 재활치료 받아야 되는데."

"가자니까 왔지. 와, 팔뚝은 진짜 장난 아닌데? 이제 다리도 그렇게 되는 거야?"

"어, 너 게임만 하고 있으면 때리려고 열심히 하고 있지."

"무슨! 말을 해도 참!"

태진은 막내 태은을 보며 얼굴을 씰룩거렸다. 이제 고등학생이 되어 바쁠 텐데도 시간만 나면 병원을 찾아왔다. 그리고 당연히 태은만 병원을 찾은 것은 아니었다. 지난 1년간 가족 모두가 하루도 빼놓지 않고 병원을 찾았다. 그리고 지금도 함께였다. 그래도 모든 가족이 같이 모인 건 오랜만이었다.

"그런데 오늘은 진짜 어떻게 다 같이 왔어요?"

"주말이잖아. 그리고 태진이 너 다음 주면 이제 집에서 다녀야 되니까 마지막으로 다 같이 온 거야. 선생님들께 들었지?"

"네, 들었어요. 그래도 검사 때문에 며칠씩 병원에 있어야 된다고 하더라고요."

"그래도 집에 가는 게 좋잖아. 뭐 먹고 싶은 거 있어? 아… 마음대로 먹고 싶은 것도 못 먹지."

먹고 싶은 것은 많았지만, 식단까지 의료진에서 정해 준 상태였다. 퇴원 후에도 정해진 식단을 지켜야 했다.

"괜찮아요. 나중에 다 나으면 먹으면 돼요."

"그러자. 태민이한테 네가 좋아하는 떡국 끓여 달라고 해."

아버지는 장난스럽게 말하며 웃었고, 태진은 뒤에서 자신을 이리저리 살피는 태민을 쳐다봤다.

"그나저나 태민이 넌 머리가 왜 그래? 머리 민 거야? 날도 추운데 머리는 왜 밀었어."

모자를 쓰고 있던 태민은 목 뒤를 쓰다듬었다. 그러자 막내 태은이 어이가 없다는 듯 코웃음을 뱉으며 말했다.

"작은형, 큰형한테 얘기 안 했어?"
"괜히 신경 쓸까 봐."
"아… 대단하십니다. 그러면서 나한테는 맨날 집안일 알려 주고 설교 두 시간씩 하고 그래? 나도 신경 써!"

태진은 의아한 표정으로 태은을 쳐다봤다. 그러자 태은이 못 말린다는 듯 머리를 저으며 말했다.

"작은형 다음 주에 군대 간대."

전혀 생각지도 못한 군대 얘기에 태진은 엄청나게 놀랐다. 표정을 지을 수 없어서 티를 내진 못했지만 너무 놀라 아무런 말도 나오지 못했다. 그러자 태민은 민망한 표정으로 말했다.

"다 군대 가는 건데 뭐. 형은 나 신경 쓰지 말고 치료나 잘 받아."

"진짜 가? 이렇게 갑작스럽게?"

"미루기도 그렇고. 형 낫기 전에 다녀오는 게 좋을 거 같아서."

"그래도 말해 주지."

"나 전역하면 약속 지키고. 나도 약속 지키려고 군대부터 해결하려고 가는 거니까."

태민은 대학에 가는 선택 대신 군대를 택했다. 그렇다고 약속을 지키지 않을 녀석은 아니라는 걸 잘 알고 있었기에 태민의 선택을 응원했다.

"휴, 입대할 때 아버지, 엄마하고 같이 가?"

"아빠가 데려다주신다네. 엄마는 형 지켜야지. 어딜 와."

태진이 어머니를 쳐다보며 말을 하려 할 때, 태민이 급하게 말렸다.

"이렇게 걱정할까 봐 말 안 한 거야. 요새 군대 편하대. 휴가도 있고 그러니까 걱정 마. 그러니까 형이나 열심히 치료받아."

태진은 끝까지 자신만 걱정하는 태민을 쳐다봤다. 그때, 담당 간호사가 병실로 들어왔다.

"한태진 씨, 재활치료 내려가셔야 돼요."
"네."

금방 끝나는 것이 아니었기에 가족들을 돌려보낼 생각을 하던 중 태민이 보였다. 태진은 자신의 다리를 한 번 쳐다보고는 입술을 굳게 다문 뒤 입을 열었다.

"한태민, 형 치료받는 데 같이 가자."
"그래도 돼?"
"응. 엄마, 저 오늘 태민이랑 갈게요. 태은이 데리고 아버지하고 집에 들어가세요."
"엄마도 같이 가지."
"아니에요. 태민이랑 갈게요. 한태민, 밀어!"

휠체어에 올라탄 태진은 태민을 향해 손짓했다. 그러자 태민은 웃으며 휠체어를 밀었다. 잠시 뒤 재활치료실에 도착하자 매일 보는 재활치료사가 보였다. 태진은 간단한 인사를 건네고는 조심스럽게 말했다.

"선생님, 오늘 치료받는 거 동생한테 보여 줘도 될까요?"
"지겨울 텐데요?"
"보여 주고 싶어서 그래요. 부탁드려요."
"음, 잠시만요. 그래도 안에 들어와도 되는지 한번 물어 봐야 될 거 같아서요."

처음 재활치료를 받을 당시에는 태민도 들어온 적이 있었지만, 그 이후로는 치료실 밖에서 대기를 해야 했다. 그러니 거의 일 년 만에 치료실에 함께하는 것이었다. 잠시 뒤 재활치료사가 오더니 고개를 끄덕거렸다.

"안에 들어가서서 뒤에 앉아 계셔도 된다네요. 그래도 지겨우실 텐데. 오늘 두 시간 잡혀 있는 거 아시죠?"
"괜찮아요."
"에이, 태진 씨야 치료받으니까 그렇죠. 동생분이 괜찮은지 대답해야지."

그러자 태민은 무덤덤한 표정으로 입을 열었다.

"지겹다니요. 형이 잘하고 있는지 늘 궁금했어요."
"그렇군요. 그럼 가시죠."

치료실로 들어오자 태민은 구석에 자리를 잡았다. 그리고 시작된 치료는 평소와 다름없었다. 스트레칭을 위한 간단한 마사지부터 시작해 간단한 상체 근력운동으로 이어지는 코스였다. 태민이 뚫어져라 쳐다보고 있는 것이 느껴졌지만, 태진은 개의치 않고 치료에 전념했다.

한 시간이 조금 지날 무렵 평소에 가장 힘들어하던 보행 연습이 시작되었다. 치료사의 도움을 받아 장비를 착용하고 평행봉 앞에 섰다. 태진은 몸에 달린 띠를 한 번 쳐다보고는 고개를 끄덕거렸다. 그러자 치료사가 웃으며 말을 걸었다.

"태진 씨, 평소에도 열심히 하시는데 오늘은 유독 적극적이신데요?"

"동생 보는데 열심히 해야죠."

"오, 매일 오라고 해야겠네요?"

태진이 미소를 짓자 치료사가 손을 움직이기 시작했다. 치료사의 동작에 따라 한 발씩 옮겨 가던 태진은 태민을 쳐다봤다. 마음 같아서는 당장이라도 달리는 모습을 보여 주고 싶었지만, 지금은 보조 장치에 의지해 걷는 것이 최선이었다.

태진이 걷는 모습을 보던 태민도 가슴이 벅차올랐다. 비록 완벽진 않더라도 태진이 노력하고 있다는 것이 보였다. 평행봉을 잡고 있는 팔이 부르르 떨리는 것도, 이를 얼마나 꽉 깨물었는지 턱뼈가 튀어나온 것까지 보였다. 표정을 지을 수 있었다면 아마 엄청나게 일그러져 있었을 것 같았다.

그리고 이렇게 하는 걸 보여 주는 이유까지 느껴졌다. 이 정도로 열심히 하고 있으니까 걱정하지 말고 군대 잘 다녀오라는 것처럼 느껴졌다. 태민은 그런 태진의 모습을 담아 두려는 듯 한시도 눈을 떼지 않고 지켜봤다.

그렇게 한참의 치료가 끝나고 보행 보조 장치를 풀 때 태진이 치료사와 무슨 말을 주고받았다. 치료사가 한참을 설명하고 나서야 고개를 끄덕거리더니 보행 보조 장치를 풀었다. 이제 치료가 다 끝난 건가 싶었는데 치료사가 태진의 앞으로 자리를 옮겼다. 마치 만약을 위해 준비하는 사람처럼 보였다.

그때, 평행봉 옆 의자에 앉아 있던 태진이 보조 장치도 없이 평행봉을 잡는 모습이 보였다. 그러고는 일어서려는지 팔이 부르르 떨리는 것이 보였다. 그 모습을 보자 자신의 팔에 쥐가 날 것처럼 힘이 들어갔다. 걱정된 마음과 응원하는 마음이 교차되며 지켜볼 때 태진이 결국 평행봉을 잡고 일어섰다. 그러고는 태민을 쳐다봤다.

"한태민, 형 얼마 안 남았다! 군대 잘 다녀오고. 입대할 때 배웅은 못 해 주지만, 전역할 때 형이 꼭 데리러 갈게. 잘 다녀와."

태민은 말없이 태진을 쳐다봤다. 얼굴까지 빨개진 채로 되지도 않는 표정을 지으려는지 얼굴을 씰룩거렸다. 그래도 목소리에서 환하게 웃고 있는 것이 느껴졌다. 그런 태진의 모습을 한참이나 쳐다보던 태민은 모자를 눌러쓰며 고개를 돌렸다.

*       *       *

18개월 뒤. 전역 신고를 마친 태민은 어느 때보다 들뜬 마음이었다. 휴가 때 태진의 모습을 봤었고 상태도 알고 있었다. 그럼에도 형이 위병소 앞에 와 있다는 것이 마음을 들뜨게 했다. 함께 전역하는 동기들과 같이 걷고 있었지만, 태민은 동기들과 말을 섞지도 않고 그저 웃고만 있었다. 위병소 근처에 도착했을 무렵 동기들이 쑥덕거렸다.

"뭐야? 우리 부대에 연예인 있어? 우리는 아니고. 다른 중대 아저씨씬가?"
"뭔 소리야?"
"저기 봐봐. 저기 기자들 아니야?"
"뭐가 기자야."
"저기 카메라 들고 있는 사람들 있잖아."
"하나, 둘, 셋. 고작 카메라 든 사람은 세 명인데? 연예인 전역하면 카메라 수십 대 몰려들더만."
"인기 없는 연예인인가?"

태민은 동기들의 대화를 듣고 씨익 웃고는 카메라들 사이에 있는 사람을 쳐다봤다. 그러자 동기들이 태민을 쳐다봤다.

"뭐야, 한태민 웃는다."
"진짜? 전역이 한태민을 웃게 만들 정도로 좋긴 좋네."

태민은 다시 표정을 지우고 말했다.

"저기 우리 형이야."

그러자 동기들이 사람들이 모여 있는 쪽을 쳐다보고선 말했다.

"뭐야, 너네 형 연예인이었어?"

"아니."

"그럼 뭔데?"

"우리 형 건강해진 거 기사 쓰러 온 모양이네."

"너네 형이 뭔데?"

"뭐기는 내 형이지. 나 먼저 간다. 나중에 연락하자."

"야! 한태민, 모닝 소주나 한잔하고 가자!"

"나중에!"


태민은 동기들을 뒤로하고 보조 장치에 의지해 서 있는 태진에게 달려갔다.


*　　　　*　　　　*


2년 뒤, 임상시험에 참가한 지 벌써 5년이라는 시간이 흘렀다. 차라리 수술 전으로 돌아가고 싶다는 생각이 들 정도로 재활치료는 힘들었다. 길게는 하루에 5시간씩 이뤄졌고, 그걸로도 부족해 의료진은 수시로 몸 상태를 체크했다. 거기에 가끔씩 취재를 하러 오는 사람들 때문에 동물원 원숭이라도 된 것처럼 느껴졌다. 그나마 다행으로 관심이 그리 오래가진 않았다. 태진이 환자이다 보니 의료진과 연구원들이 대신 나섰고, 그들에게 시선이 쏠렸다. 그리고 아직 안정적인 치료법이 아닌 임상시험 단계이다 보니 태진과 함께 시험에 참가했던 다른 참가자들은 각기

다른 결과를 내놓았다. 아직도 침대에서만 생활해야 하는 사람도 있었고, 보행 보조 장치를 이용해야만 움직일 수 있는 사람도 있었다.

오로지 태진만이 긍정적인 결과를 내놓고 있다 보니 의료진들과 연구원들도 대중들에게 자신 있게 공개할 수가 없었다. 그렇기에 긍정적인 결과를 내놓은 태진에게 모든 신경이 쏠려 있었고, 그런 태진에게 피해가 갈 수도 있다는 생각에 자신들이 나선 것이었다.

그래서인지 기사들도 '하반신마비 정복에 한 걸음 나아갔다'라는 방향들이 대부분이었다. 아마 실험 결과를 바탕으로 세계적으로 인정을 받는다면 얘기가 달라지겠지만 지금까지는 조용해지고 있었다.

아마 그때가 된다면 얼굴이 공개가 되겠지만 만약 과거로 돌아가 선택을 하라고 한다면 그 모든 것을 감수하더라도 같은 선택을 할 것이었다. 그만큼 다시 걸을 수 있게 된 지금은 매일이 새로웠다.

태진의 기분처럼 새로 시작되는 2021년 1월 1일이 되었다. 부엌에 서 있던 태진은 자신이 서 있는 게 여전히 신선한 느낌인지 발을 한 번 쳐다봤다. 괜히 확인차 발을 굴러 보기도 해 가며 가스레인지 앞에 서 있었다.

\* \* \*

사고 이후 1월 1일 떡국은 항상 태민이 담당했다. 태민이 입대를 하고 나서는 어머니가 담당했었지만, 올해는 태민이 전역을 한 상태였다. 그런데도 태진은 아침 일찍부터 부엌에 자리했다. 태민의 떡국이 맛이 없어서라기보다는 이렇게 서서 요리도 가능하다는 것을 보여 주고 싶었다. 그때, 안방이 열리더니 아버지가 나왔다.

"태진아! 뭐 하고 있어?"
"일어나셨어요? 떡국 먹으려고요."
"어휴. 올해는 아빠가 하려고 그랬는데. 그런데… 너도 막 네마음대로 하는 건 아니지?"
"아니에요. 레시피 보고 하고 있어요."

태진의 얼굴이 씰룩거리는 모습을 본 아버지도 같이 웃었다. 그러고는 식탁에 앉아 태진의 뒷모습을 물끄러미 쳐다봤다. 수술 후 이렇게 서 있기까지 5년이 걸렸지만 태진이 이렇게 서 있는 모습을 볼 때마다 매번 가슴이 벅차올랐다. 자신이 나이 먹고 죽으면 어떡해야 하나 매일매일 태진의 걱정을 하며 살았는데 이제는 그런 걱정을 하지 않아도 되었다.

'정말 감사합니다.'

종교도 없으면서 틈만 나면 하느님, 부처님, 알라 등 모든 신께 감사해했다. 그런 아버지는 좀처럼 태진에게서 눈을 떼지 못했다. 그때, 태진이 고개를 돌리며 말했다.

"다 했는데. 조금 이따가 먹을까요?"

"아니야! 바로 먹어야지!"

아버지는 동생들의 방문부터 시작해 어머니까지 깨웠다.

"한태민, 한태은! 일어나! 형아가 떡국 끓였대. 여보, 떡국 먹자!"

거실로 가장 먼저 나온 어머니는 방금 일어났음에도 서둘러 부엌으로 다가왔다.

"어휴, 엄마가 해도 되는데. 와, 냄새 좋다. 우리 태진이 요리 잘하는구나!"

"처음 해 보는 거라서 이상할 수도 있어요."

"처음 해 보는데도 이 정도면 몇 번만 더 하면 쉐프 되겠네."

아침부터 어머니의 무한 칭찬을 받는 사이 동생들의 방문이 열리더니 태민과 태은이 거실로 나왔다. 그러고는 두 형제 모두 잠에서 덜 깬 표정으로 태진을 물끄러미 쳐다봤다.

"큰형이 저러고 있으니까 기분 쌉이상하다."

"한태은! 좋은 말 놔두고 쌉이 뭐야. 내가 없는 사이에 아주 이상해졌어. 이 자식은 진짜 학교에서 뭘 배우는 거야."

"요새 학교 안 가는데?"

"아! 그렇구나. 네가 요즘 학교 안 가서 게임에서 배웠구나?"

"맨날 컴퓨터는 형이 쓰는데 내가 게임을 어떻게 해."


좀 컸다고 태은은 태민에게 조금도 밀리지 않았다. 동생들의 투덕거림을 들은 태진은 피식 웃었다.


"큰형, 왜 기침해? 떡국에 고추 넣었어?"

"아니? 아. 웃은 건데?"


5년 동안 노력해서 다시 걸을 수 있게 되었지만, 안면의 근육이 여전히 마음대로 움직이지 않았다. 다리와 함께 별의별 치료를 다 받았지만, 얼굴만큼은 좀처럼 나아지지 않았다. 그래도 이제 걸을 수 있게 된 이상 얼굴도 금방 나을 거라고 생각했다.


"그런데 큰형, 요리할 줄 알아? 맨날 작은형이랑 나만 했잖아."

"인터넷 보고 하면 돼."

"뭐야! 저 자신감은 어디서 나오는 거야."

"떡국? 간단해유. 집에 다시마는 다 있쥬? 없어유? 양파는 있쥬?"

"와, 집밥 백 선생님이야? 목소리만 들으면 맛있을 거 같은데?"


태은은 식탁에 앉더니 턱을 괴고 말을 걸었다.

"형, 또 해 줘."

"뭘?"

"성대모사. Y튜브에 성대모사 하는 사람들보다 형이 훨씬 똑같아. 형은 대부분 똑같이 하잖아. 하나만 더 해 줘."

밖에서 사람들을 만날 일이 없었기에 흉내를 보여 준 건 가족들뿐이었다. 그중에서도 막내 태은의 반응이 가장 좋았기에 종종 보여 주었다. 태진은 얼굴을 씰룩거리며 입을 열었다.

"한태은, 형이 거짓말 가장 싫어하는 거 알지?"

"아오! 왜 작은형을 흉내 내. 그거 말고 그거 해 줘. 최준식이 이종수 연기하는 거. 그건 어렵지?"

"나중에 해. 이제 다 됐으니까 떡국이나 먹어."

가족들은 웃으며 식탁에 앉았고, 태진은 각자의 앞에 떡국을 내려놓았다.

"우리 태진이가 끓인 떡국 보기만 해도 배부르네."

"큰아들이 떡국도 하고 대견하다. 너무 맛있겠는데?"

"형, 잘 먹을게."

"큰형, 진짜 연습한 거야? 고명까지 장난 아닌데?"

부모님과 동생들은 곧바로 수저를 들었고, 태진도 만족해하며 수저를 들었다. 레시피대로 따라 해서 그런지 맛은 그럭저럭 있었다. 그리고 가족들은 엄청 맛있다는 표정으로 수저를 입에 넣었다.

모두가 만족해하는 표정으로 식사를 마쳤다. 식사를 마치는 동시에 아버지는 자신이 설거지를 하겠다며 부엌에 자리를 잡았고, 어머니는 오늘도 카페에 출근을 하셔야 했기에 출근 준비를 하러 가셨다. 그리고 막내 태은은 곧바로 거실 소파에 누웠다 보니 식탁에는 태진과 태민만이 남아 있었다. 사고 이전으로 돌아간 것만 같은 기분이었다.

"좋네."
"뭐가 좋아."
"그냥 다 좋아. 그런데 원래 올해는 해외에서 새해 맞이하려고 했는데 이상하게 됐네."
"그러게 코로나 때문에 여행도 못 가고. 형 다리는 이제 완전 괜찮지?"
"그럼. 아직도 매일 운동하잖아. 넌?"

태진은 태민의 글에 대한 걸 물었다. 직접적으로 언급하기보다 넌지시 물었다. 정확히 말하자면 글에 대한 것보다 태민의 상태가 궁금했다.

"나야 뭐. 그냥 그렇지."

항상 덤덤하던 태민이 이번 질문에는 무척이나 민망해했다.

하지만 태진은 태민이 자랑스러웠다. 약속을 지키기 위해 얼마나 노력을 했는지 알고 있었다. 전역하자마자 부모님의 어깨를 가볍게 해 드린다며 곧바로 택배 물류 센터에서 일을 시작했다. 무척 힘들다고 알려져 있는 일인데도 태민은 일이 끝나면 약속을 지키겠다며 글을 썼다. 추리소설이었고 얼마 전 완결을 내었다. 동생임에도 존경스러웠다.

다만 작품을 알아봐 주는 사람이 없었다. 출판사에 투고를 했지만, 대부분 복사라도 한 것처럼 똑같은 형식의 거절의 답을 보내 왔다. 자신들의 출판 방향과 맞지 않는다는 말들과 함께 다른 장르인 장르소설로 전향할 생각은 없냐는 제안을 보내 왔다.

태민은 그럴 바에는 직접 연재를 해 보겠다며 얼마 전부터 유명 소설 플랫폼에서 연재를 시작했다. 그럼에도 사람들의 반응을 알 수가 없었다. 정확히 말하면 현재의 반응을 알 수 없었다. 읽는 사람이라고 해 봐야 많지도 않았는데 그 사람들도 대부분 초반에 전부 떨어져 나간 상태였다. 그리고 최근에는 아마 읽는 사람이 글을 올린 태민과 태진 둘뿐인 것 같았다. 거의 10편 가깝게 조회수가 2에서 멈춰 있었다. 그로 인해 태민이 스트레스를 받고 있다는 것을 알고 있었기에 걱정되어 한 질문이었다.


"너무 스트레스받지 마. 시작한 게 어디야. 그리고 처음부터 잘하는 사람이 어디 있어."

"나도 그렇게 생각했는데 생각보다 잘난 사람이 많더라. 그래도 다른 사람들 글 읽어 보니까 왜 사람들이 많이 보는지 조금은 알 것 같기도 해."

혹시나 스트레스를 받진 않을까 걱정했는데 앞으로 나아가려는 태민의 모습이 뿌듯했다.

"형 걱정 안 하게 열심히 할게. 아, 맞다. 잠깐만."

태민은 방으로 들어가더니 종이 한 장을 들고 나왔다.

"형, 일단은 면허 따는 게 어때? 장애인 운전지원센터인데 알아보니까 형은 무료더라고."
"면허?"
"뭘 하더라도 면허부터 따는 게 좋을 거 같아서. 이동하기도 편하고. 그리고 그 밑에는 올해 검정고시 일정인데 검정고시라도 보는 게 나을 거 같아서."

태진은 종이를 물끄러미 쳐다봤다. 자기 일하기도 바쁠 텐데 태민이 여전히 자신을 걱정하고 있다는 것이 종이 한 장으로 느껴졌다.

"그래. 그럼 면허부터 따 볼까?"
"그래. 면허 따면 차는 내가 사 줄게. 형이 비싼 차 타고 다닐 건 아니잖아."
"됐네요. 참, 후후"
"지금 웃은 거지? 화난 거 아니지?"

"내가 화를 왜 내."

"혹시나 해서."

그때 설거지를 마친 아버지가 대화를 들었는지 식탁에 합류했다.

"형 차를 왜 네가 사 줘. 아빠가 사 줄게."

"아휴. 아니에요. 누가 보면 지금 면허 있는 줄 알겠네."

태진의 목소리가 컸는지 이번에는 소파에 있던 막냇동생이 소파에 누운 채 대화에 끼어들었다.

"형 면허 따서 취직하려고? 뭐, 매니저나 대리운전 같은 거 하려고?"

"매니저?"

"연예인 매니저 말이야. 아, 그건 좀 몸이 힘들다고 그랬는데."

"갑자기 매니저는 왜 나와?"

"혹시 누가 알아? 매니저 하다가 연예인 할지?"

"내가? 내가 무슨 연예인을 해?"

"형 성대모사 잘하잖아. 사람들 다 놀라 자빠질걸? 나도 가끔 가다가 얼마나 놀라는데. 표정은 없이 목소리로만 연기하는데도 깜짝깜짝 놀라."

태진은 어이가 없는지 헛웃음을 뱉었다. 함께 듣고 있던 태민은 아예 못 들은 척해 버렸고, 아버지가 대신 대답했다.

"넌 형한테 참. 그냥 연예인으로 시작하면 되지 왜 매니저 하라고 하는 거야."

"아빠, 아빠는 아빠 얼굴로 연예인 할 수 있을 거 같아? 아빠하고 큰형, 작은형 셋이 얼굴 똑같잖아. 물론 나까지! 엄마 얼굴이 조금이라도 섞였으면 아마 연예인 했겠지!"

"아빠 얼굴이 왜! 그리고 아빠는 키가 크잖아!"

"우린 평범 그 자체잖아! 그러니까 연예인의 도움을 받아서 연예인 되라는 거지. 그런 사람들 많잖아. 그리고 큰형이 연예인들 엄청 좋아하잖아. 내가 듣기로는 자기가 좋아하는 일 하는 거랬어."

태진은 기가 막힌지 얼굴을 씰룩거리고는 입을 열었다.

"좋아하는 게 아니라 그냥 따라 해 보는 거지. 할 게 없으니까. 그리고 그걸 내가 잘하니까."

"그래. 형이 잘하는 거. 우리 담임이 그랬는데 사람은 잘해야 되는 거 해야 된대. 그래서 나도 공부 말고 다른 걸 찾으려고."

"아이고……."

태민은 손을 저으며 태진과 아버지의 고개를 돌렸다.

"이상한 얘기 듣지 마. 요즘 머리 좀 컸다고 말도 안 듣고 개똥 같은 소리만 해."

"내가 뭐!"

"너, 조용히 해. TV나 봐."

"아니! 진짜 내가 다 큰형 생각해서 하는 말이라니까? 작은형은 큰형 성대모사 누구누구 하는지도 모르면서!"

"한두 명이 아닌데 그걸 다 알아야 돼?"

"그럼! 난 다 알아. 그리고 큰형이 못 하는 사람들도 다 알지. 연습해도 안 되는 사람들."

"한태은, 너 그냥 TV나 보면 안 되냐?"

태은은 얄미운 표정으로 검지를 들어 올리더니 좌우로 흔들었다.

"연습해도 안 되는 사람들이 누구냐면 배우는 오태훈, 강성준 등이 있고, 가수는 고음 때문에 많이 있지만 그래도 앞부분은 비슷하단 말이야. 그런데 앞부분도 흉내 못 내는 사람이 있지. Who알지?"

자신을 정확히 파악하고 있는 태은의 말에 태진은 속으로 가볍게 웃었다. 그동안 많이 보여 주긴 보여 준 모양이었다. 그때, 태은의 말이 이어졌다.

"큰형이 못 따라 하는 사람들은 전부 대배우라고 불리거나 엄청난 가수지."

"그게 뭐, 너, 형 약 올려?"

"그게 무슨 말이냐! 큰형이 따라 해 봤는데 안 되는 사람은 전부 대배우나 대가수가 된다는 거야. 엄청나지? 배우들 보면 연극에서 넘어오는 사람들 많잖아. 그런 사람들을 미리 알고 뽑아 오는 거지."

"매니저가 그런 일 하냐?"

"아니야? 그럼 누가 하는데?"

"에이전트나 스카우트 담당하는 사람이 하겠지."

"그럼 그런 거 하면 되잖아."

"저 봐, 잘 알지도 못하면서 일단 뱉고 보는 거지."


태민이 태은을 나무랐다. 하지만 태은의 말은 태진을 생각에 잠기게 했다. 막내의 말대로 흉내야말로 자신이 잘하는 것이었고, 잘할 수 있을 것 같았다. 그리고 무엇보다 재미있을 것 같은 일이었다. 다만 아직 사회 경험이 없다 보니 많은 사람들을 만나야 하는 부분과 지금 몸으로 괜찮을까 하는 걱정이 들었다. 그때, 막내 태은이 다시 말을 보탰다.


"아니면 스포츠 선수 뽑아 오면 되겠네. 큰형이랑 축구나 야구 보면 맨날 저건 나도 하겠는데 그랬거든?"

"그건 형이 그냥 하는 말이지."

"아니야. 큰형이 흉내에 얼마나 진지한데. 메시 같은 스포츠 스타 보면 '저건 내가 몸이 괜찮았어도 안 되겠다' 그랬단 말이야."

아버지와 태민은 못 말린다며 고개를 저었지만, 태진은 고개를 끄덕거렸다. 그러고는 잠시 무언가 골똘히 생각하더니 갑자기 자리에서 일어났다.

"저 운동 좀 다녀올게요."

확인하고 싶은 게 생겼다.

*　　　*　　　*

마스크를 쓰고 밖으로 나온 태진은 헬스장으로 향했다. 헬스장에 도착한 태진은 순간 고민이 되었다. 집 근처에 동인대학교가 있었지만 방학인 데다가 코로나의 영향으로 사람이 적을 거라고 생각했는데 이곳은 사람이 꽤 있었다.

방문하는 횟수로 회원 등록을 하는 특이한 곳이었고, 트레이너가 없어도 운동기구 앞에 설치된 영상을 보며 혼자 운동을 할 수 있는 시스템이었다. 누군가와 마주치지 않는 점이 좋아서 등록을 했는데 비슷한 생각을 한 사람들이 많은 모양이었다.

그 때문에 잠시 고민을 했지만, 이미 방문을 했기에 하루치 이용권을 날려 먹기 아깝다는 생각에 스트레칭을 할 수 있는 곳으로 자리를 잡았다. 그러고는 곧바로 휴대폰을 꺼내 Y튜브에서 동영상을 찾기 시작했다.

'일단 평소에 자주 보던 사람으로.'

태진은 스포츠 중에서도 가장 자주 보던 야구 동영상을 뒤졌다. 예전 같았으면 아버지와 함께 봤겠지만, 아버지는 아직도 야구를 보지 않고 있었다. 어쨌든 아버지 때문에 팬이 된 H이글스 구단의 영상을 지금도 찾아서 보고 있었다. 그중에서도 눈이 가는 건 지금은 노장이 된 선수의 영상이었다. 바로 H이글스 프랜차이즈 스타인 김평균이었다. 태진은 김평균의 가장 전성기 때의 영상을 검색하기 시작했다.

'이건 안 될 거 같은데……'

Y튜브에 최근 스프링캠프 영상에서 나온 김평균의 포즈는 따라 할 수 있을 것 같았다. 그래서 김평균을 골랐는데 막상 영상을 보니 흉내를 낼 수 없을 것 같았다. 태진은 다시 최근에 나온 김평균의 영상을 찾아봤다.

'전성기 때하고 폼이 다르긴 다르네.'

헛스윙으로 삼진을 당하는 장면이었다. 그런 장면이 생각보다 많았다. 상대편 투수에 초점을 맞춘 영상들에 상당히 많이 나와 있었다. 태진은 그런 영상들을 보며 손동작부터 따라 해 보기 시작했다. 손동작은 침대에서도 가끔씩 따라 해 본 적 있었기에 그다지 어렵지 않았다. 하지만 모든 동작을 따라 해 본 적은 없었기에 과연 가능할지 스스로도 궁금했다.

영상을 한참이나 보던 태진은 자리에서 일어났다. 그러고는 김평균의 타격 자세를 흉내 냈고, 자신이 보기에는 얼추 비슷한 느낌이었다. 바로 앞에 있는 거울을 보니 체격 차이만 날 뿐 김평균과 비슷한 느낌이었다. 끼지도 않은 장갑도 만져 보고 사타구니도 쓸어 올렸다. 그러고는 거기서 멈추지 않고 팔을 휘둘러 보았다.

'방망이가 없어서 그런가, 이 느낌이 아닌 거 같은데. 그렇다고 아령 들고 하면 팔 빠질 거 같은데.'

그때, 옆에 놓아둔 수건이 보였고, 방망이가 없었기에 아쉬운 마음에 수건이라도 들고 흉내를 내 보려 했다.

'몸을 많이 비튼 상태에서 허리부터 돌리면서 팔이 따라오고, 디딤 발을 딛지 않고 노스텝으로. 어우!'

평소에 쓰지 않던 근육을 움직여서인지 자세가 영 어색하게 느껴졌다. 그나마 재활치료와 운동을 병행해서 이 정도이지 평소에 운동을 아예 안 했다면 주저앉았을 것 같았다. 그럼에도 태진은 멈추지 않았다. 다시 한번 김평균의 타격 자세를 흉내 내며 수건을 휘둘렀다.

잠시 뒤, 마치 야구선수라도 되는 듯 계속해서 타격 자세로 수건을 휘두를 때, 스스로도 김평균과 비슷한 것 같다고 느껴질 때였다.

파앙!

들고 있던 건 마른 수건인데 마치 젖은 수건을 터는 것 같은 소리가 들렸다. 아마 김평균도 타격을 할 때 이런 느낌이지 않을까 하는 생각이 들 정도로 제대로 흉내 낸 것 같았다. 전성기가 지난 선수의 폼을 흉내 내면서도 대단하다고 느꼈다. 그러다 보니 전성기 때의 폼을 흉내 내지 못하는 게 이해가 되었다.

태진은 멈추지 않고 계속해서 수건을 휘둘렀다. 한참이나 휘두를 때 옆에서 누군가가 불렀다.

"회원님, 회원님!"

고개를 돌려 보니 처음 등록할 때 봤던 헬스장 관장이었다.

"여기서 이러시면 안 돼요. 야구선수세요?"
"네?"
"한번 보세요. 다른 회원님들이 팡팡 소리에 다 회원님만 보고 있잖아요."
"아! 죄송합니다."

주변을 둘러보니 헬스장에 있는 사람들이 전부 자신을 보고 있었다. 다들 마스크 위로 불편해하는 눈빛이 느껴졌다. 태진은 고개를 숙여 인사를 하고는 서둘러 짐을 챙겼다. 태은이 했던 것처럼 따라 할 수 있다고 생각한 사람은 따라 할 수 있을 것 같았다.

태진이 헬스장을 나가자 헬스장 관장은 고개를 저으며 자리로 돌아갔다. 그러자 동료 트레이너들이 말을 걸었다.

"야구선수래요?"

"아닌 거 같더라. 야구 선수가 왜 여기서 운동을 해. 자기네 피트니스에서 하지."

"아깝다. 잘하면 야구선수 누구 다니는 하루GYM이라고 홍보할 수 있었을 텐데."

"이제는 지금 회원만으로도 충분하지. 그런데… 수건으로 그런 소리가 나나? 어떻게 뭐 터지는 소리가 나냐."

관장은 궁금했는지 옆에 있던 수건을 집어 들고는 카운터 밖으로 나왔다. 그러고는 태진이 했던 것처럼 타격 자세를 잡고는 수건을 휘둘렀다.

펄럭.

"푸하하하. 춤추세요? 수건이 나풀거리네."

"야! 너희들이 해 봐. 이거 안 돼."

"줘 봐요."

비웃던 트레이너들이 관장의 수건을 건네받았다. 그러고는 똑같이 수건을 휘둘렀다.

퍽.

"어? 왜 난 펑 소리 안 나지?"
"봐! 이상하다니까? 아무리 해 봐야 저런 소리만 나."
"혹시 아까 그 사람 젖은 수전으로 한 거 아니에요?"
"그런가? 야, 뭐 해. 수건에 물을 왜 묻혀! 물 튀겨! 하지 마!"

헬스장 관장은 신기해하며 수건을 쳐다봤다.

*　　　　*　　　　*

한 달 뒤. 태진의 하루 일과는 운전면허 학원으로 시작되었고, 학원에서 끝나고 오면 운동으로 이어졌다. 전에는 걷기 같은 가벼운 운동이었지만 이제는 약간의 근력운동까지 하고 있었다. 그리고 운동을 끝내고 나면 누군가를 흉내 내는 일로 대부분의 시간을 보냈다.

운동선수를 꿈꾸는 건 아니었다. 순간 그런 생각도 들긴 했지만 잠깐의 동작을 흉내 낸다고만 해서 가능한 것이 아니었다. 야구만 하더라도 폼 외에도 민첩성이나 힘, 그리고 공을 볼 줄 아는 좋은 눈과 재빠른 판단 같은 여러 가지가 필요했다. 그리고 무엇보다 이제 걸을 수 있게 됐다고 운동선수를 꿈꾸는 건 말이 안 됐다.

그리고 남은 시간에는 채용 정보를 보며 하루를 보냈다. 오늘도 어김없이 채용 정보를 보던 중 태은이 방으로 들어왔다.

"나 큰형 방에서 TV 좀 본다. 거실에선 아빠가 뉴스 보고 있고 작은형은 지금 미친 거 같아서 내가 있을 곳이 여기뿐이야."

"태민이? 태민이는 왜?"

"무슨 소설 쓰면서 지가 쓴 대사를 지가 읽으면서 연기하고 있어."

"그래?"

"그냥 대사면 그러려니 하는데 막 여자 흉내도 내고, 그냥 미친 거 같아. 막 여자 목소리로 살려 달라고 그러고 있어. 어우, 소름."

새로운 소설을 쓰는 모양이었다. 태민의 모습을 상상하니 웃음이 나는지 태진의 얼굴이 씰룩거렸다. 태은은 침대에 누워 TV를 틀었다.

"차라리 수건 휘두르는 소리가 더 나아. 아, 개피곤해."

"뭐 했길래 피곤해해. 맞다. 너, 요즘 며칠 동안 아침부터 어딜 그렇게 다녀?"

"그런 거 있어."

"공부 좀 해. 너 공부는 싫어도 대학 가고 싶어 했잖아."

"갈 거거든? 내가 우리 집 최고 학력자가 되겠어."

"아버지랑 어머니는 대학 졸업했는데?"

"형제들 중에 말이야. 아, 피곤해."

태진은 침대에 널브러진 태은을 봤다. 최근 며칠 동안 어딜 그렇게 다니는지 항상 피곤해했다. 물어봐도 대답도 안 해 주고 숨기고 있었지만, 사고 칠 녀석은 아니었기에 믿고 있었다. 그런 태은이 갑자기 입을 열었다.

"그런데 형, 진짜 에이전시 이런 데 알아봐?"

"응. 그런데 채용하는 곳이 별로 없네."

"저번에 보니까 구단들도 보더만."

"축구보다는 야구를 더 많이 알 거 같아서 구단들도 봤는데 그건 대부분 선수 출신들이 많더라고."

태은이 몸을 일으키더니 태진의 모니터를 쳐다봤다.

"모델? 이번엔 모델 에이전시 가려고? 우리 형제가 키가 크긴 해도… 모델 정도는 아니잖아? 몸매가 좀, 형은 운동해서 좀 되려나?"

"그냥 보는 거야."

"형 모델도 따라 할 수 있어?"

"어, 보여 줄까?"

"응, 해 봐. 크크크크. 진짜 별거 다 해."

태진은 자리에서 일어나서 그동안 봤던 모델들의 흉내를 냈다. 그러자 태은이 인상을 심하게 찡그렸다.

"아이, 진짜!"

"왜?"

"미치겠다! 도대체 형들은 왜 그래. 성정체성에 문제 있어? 왜 여자 모델 흉내를 내. 작은형도 여자 흉내 내고 있는데!"

"그래도 비슷하지?"

"아, 됐어. 그 밑에는 뭐야. 멜로디엔터테인먼트? 캐스팅 매니저?"

"그런 게 있어?"

태진도 지금 보고 있는 중이었기에 오늘 올라온 채용 정보는 알지 못했다. 클릭해서 들어가 보니 시작부터 제한에 걸렸다. 그러자 태은이 먼저 화를 내듯 말했다.

"무슨 매니저를 하는 데 학력이 필요해. 고졸 매니저면 뭐 다른가? 이런 데는 볼 필요도 없네. 봐. 연봉도 2,400만 원이래. 그런데 탄력근무제래! 말이 탄력이지 막 부려 먹겠다는 거 아니야."

"난 괜찮은데 왜 네가 화를 내?"

"화가 나지! 내가 형 직업을 추천해 줬는데 이런 곳 가면 화가 안 나겠어? 그냥 다른 직업 알아봐!"

"지금 와서?"

"어차피 내가 추천해 준 거잖아."

"그렇긴 하지. 그리고 내가 잘할 수 있을 것 같기도 하고. 무엇보다 도움이 될 것 같기도 하고."

"무슨 도움이 돼? 누구 돕게?"

"아니야."

"휴, 그나저나 일한 만큼 돈을 안 주는 곳이 너무 많아. 진짜형이 걱정이다."

태진이 얼굴을 씰룩거리자 태은은 고개를 저었다.

"형이 사회를 TV로 배워서 그래. TV 보면 막 다 잘될 거 같고 그러니까 이렇게 걱정이 없는 거야. 막 신입 사원으로 들어가서 막 사장 하고 그럴 거 같지?"

"안 그래. 형 뉴스도 많이 봐서 그렇게까지는 아니야."

"그럼 다행이고. 아무튼 저런 노예 찾는 곳은 절대 가지 마."

태은은 침대까지 두드리며 화를 내는 시늉을 하더니 뒤로 벌러덩 누웠다.

"아, 화낼 힘도 없다. TV 소리 좀 켤게. 방해되면 안 켜고."

"마음대로 봐."

침대 생활을 하느라 방에 놓아 둔 TV였고, 그 때문에 태은이 자주 방을 찾곤 했다. 다만 예전에는 바닥에 자리하던 녀석이 태진이 다시 걸을 수 있게 된 지금은 침대를 차지하고 있었다. 마치 기다리고 있었다는 듯. 태진은 얼굴을 씰룩거리고는 다시 모니터를 쳐다봤다.

'코로나 때문에 채용하는 곳도 많이 없나 보네.'

코로나로 인해 경제가 위축되었고, 그 때문에 채용하는 곳도 적다는 기사들이 상당했다. 사실 그 때문에 채용하는 곳이 적은지는 알지 못했다. 작년만 해도 재활치료만으로도 벅찬 시간을 보냈기 때문이다. 그리고 그보다 전에는 자신이 이렇게 채용 정보를 보고 있을 거라고는 상상도 못 했기에 알 수가 없었다. 그 때, TV를 보고 있던 태은이 갑자기 태진을 불렀다.

"형! TV 봐 봐!"

고개를 돌려 TV를 보니 한 지역방송의 연예 관련 프로그램이었다.

[미국의 초대형 에이전시 MfB에 관한 소식입니다. MfB 하면 한국이 낳은 월드 스타 Who의 미국 진출을 책임진 곳으로, 한국에서도 상당히 유명한 에이전시이죠. 엔터 사업도 겸하는 곳이다 보니 Who 외에도 미국 드라마 '챌린지'의 주연배우들 또한 MfB 소속으로 알려져 있습니다.]

"MfB 한국에 온다더니 진짜 와?"

TV광인 태진도 잘 알고 있는 이름이었다. 얼마 전부터 MfB가 한국에 진출한다는 뉴스가 연예 소식 프로그램만이 아니라 뉴스에도 나온 적이 있었다.

"진짜 오나 보네?"

제3장

—

에이전트

캐스팅 에이전트가 되겠다고 다짐을 하자 MfB가 한국에 왔다. 마치 하늘의 가호를 받는 것 같은 느낌이었다.

"형 때문에 오는 거 아닌데 뭘 그렇게 두 손까지 모으고 기도해."
"절묘해서."
"절묘하기는. 형 자꾸 드라마 봐서 그렇게 느끼는 거야. 아니다. 진짜 드라마 주인공처럼 됐으면 좋겠다."
"갑자기?"
"재벌 2세나 재벌가 손녀한테 장가가면 좋잖아."

그런 내용의 드라마들은 여자의 경우 사랑 얘기로 풀어 갔지만, 남자가 그런 경우를 겪는다면 대부분은 어디가 부족하거나 힘없이 따라야 하는 역할이었다. 그럴 일도 없을 텐데 태진은 고 개까지 저었다. 그때, TV에서 MfB에 대한 소식이 이어졌고, 태 진은 다시 TV를 쳐다봤다.

[이번 MfB는 연예계를 포함해 스포츠 분야까지 염두에 둔 진출 입니다. 특히 연예계에서는 이번 MfB의 진출에 집중하고 있습니 다. 이미 한 차례 라온엔터테인먼트와 협업을 한바, 한국의 매니지 먼트 시장을 잘 이해하고 있는 것으로 알려져 있습니다. 때문에 해 외 진출 시 개인과의 계약이 될지 아니면 매니지먼트와 에이전시 와의 계약이 될지에 관심이 쏠리고 있습니다.]

태진은 TV에 집중했다. 가고 싶은 마음만으로 갈 수 있는 곳이 아니었지만, 사람이 필요하다면 지원해 보고 싶었다. 마침 TV에서 는 그 부분에 대한 소식을 전했다.

[또한 코로나로 인해 연예계와 스포츠계가 전 세계적으로 위축 된 상태죠. 이런 시기에 한국에 진출을 한다는 것은 모험일 수도 있지만, 남들이 물러나 있을 때 한 발 나아가 사전에 인재를 포섭 해 두려는 것일 수도 있습니다. 한국의 MfB를 운영할 직원들을 모 집하는 것만 봐도 단순히 모험으로 끝나진 않을 것입니다.]

태진의 얼굴이 씰룩거렸다. 아마 지금은 운영진에 대한 구성 이 끝났을 테고, 이제 곧 회사를 이끌어 나갈 직원들을 채용할 것이었다. 태진은 서둘러 보고 있던 채용 사이트를 닫고 인터넷에 MfB를 검색했다. 그러자 MfB코리아의 사이트가 가장 위에 나타났다. 사이트를 한참이나 뒤적거리던 중 채용 정보를 발견했다.

같은 날짜에 올라온 게시 글로 한 페이지가 넘어가는 채용 공고가 올라와 있었다. 그때, 뒤에 있던 태은이 혀를 내밀며 말했다.

"이렇게 많이 뽑아? 이러면 형도 뽑히겠는데?"

공고 내용들만 해도 상당히 많았다. 경력 직원과 신입 직원 모집의 공고가 각각 올라오기도 했고, 분야들도 다양했다.

"지금까지 봤던 회사들하고는 다르네."
"뭐가?"
"다른 곳은 직원도 적게 뽑으면서 하는 일이 되게 많았거든. 그런데 여기는 딱딱 해야 되는 일을 나눠 놓고 직원을 뽑아서."
"에이, 형은 참. 이래 놓고 들어가면 다 하는 거지. 막 커피도 타고! 어? 막 부장님이랑 등산도 가고! 응?"
"네가 TV를 너무 많이 본 거 같은데?"

지금까지 봤던 곳들과는 확실히 달랐다. 그중 눈에 들어오는 것이 있었다. 캐스팅 에이전트의 신입 채용이었다. 함께 보고 있던 태은도 같은 생각이었는지 모니터를 손가락으로 가리켰다.

"이거 형한테 딱인데? 형 영어도 조금 하잖아."
"외국인하고 말 한 번도 안 해 봤는데."
"뭘 안 해! 맨날 미드 보면서 그거 따라 했잖아. 내가 듣기에는 그냥 외국 사람이 말하는 거 같아."
"그래?"
"그렇다니까. 그 흑인 할렘가 영어 그걸로 해 버려. 크크. 요, 맨!"

영어뿐만이 아니라 여러 나라의 언어도 할 순 있었다. 다만 영화나 드라마에서 나온 대사에 한정되어 있었다.

"아무래도 영어 할 줄 안다고 그러면 안 될 거 같은데."
"뭐 어때. 질러 버려. 그리고 영어 못해도 되는 거 같은데? 수행 업무가 글로벌 진출 프로그램 개발은 제쳐 두고 저 밑에 보면 신인 발굴 및 기존에 있는 연예인들에게 어울리는 방향을 연구하고 개발하는 부서라잖아. 형한테 딱이지. 그런데 무슨 연구까지 해?"
"잠깐만. 필요한 서류가……."

또 학력에서 제한될 수 있었기에 그 부분을 확인했지만, 학력에 관한 조건은 없었다. 그 외에도 다른 서류가 필요한가 찾아봤지만, 딱히 필요한 서류가 없었다. 그저 자신에 대한 소개와 어떤 그림을 그리고 있는지에 대한 서류가 필요했다.

"모집 기간은 다음 주부터 열흘간이네."

정해진 것이 없다 보니 어떻게 보면 굉장히 포괄적이어서 더 어려울 수 있었다. 태진은 자신을 어떻게 소개해야 할지 떠올려 보기 시작했다.

*         *         *

MfB의 채용 기간 날짜가 되자 태진은 그동안 준비해 둔 지원서를 보냈다. MfB가 세계적으로 유명한 에이전시이다 보니 많은 사람들이 지원할 것이고 지원자들 대부분이 어디에 내놓아도 빠지지 않는 사람들일 것이었다.

그에 반해 태진은 아무런 경험도 없었고, 신인 발굴을 하는 에이전트를 꿈꾸던 것도 아니었다. 물론 그때는 꿈을 꿀 수 있는 상황이 아니었지만, 다른 지원자들에 비해 준비가 안 되어 있던 건 사실이었다. 그렇기에 자신을 채용할 가능성이 적다는 걸 알고 있었다. 그래도 미리 포기하기보다는 도전을 해 보는 것이 나을 거란 생각으로 지원서를 보냈다. 이미 한 차례 겪어 봤듯이 도전이 뜻밖의 결과를 가져올 수도 있었다. 지금 태진이 걸을 수 있게 된 것처럼.

그리고 태진의 도전은 MfB로 끝나지 않았다. 이미 갈 방향을 잡은 태진은 이력서와 지원서를 이곳저곳에 넣고 있었다.

"큰형, MfB 발표 언제야?"

"1차는 다음 주에 개별 연락이래. 2차는 홈페이지 발표고."

"그럼 그때까지 좀 편하게 있지, 뭐 하러 여기저기 이력서를 넣고 있어?"

"넣어야지. 내 또래들 보면 취직하려고 이력서 몇십 통은 기본이더라고."

"어휴, 세상하고는. 참 먹고살기 힘들어."

마치 세상을 달관한 표정으로 말하는 태은의 모습에 웃음이 나왔다.

"누가 보면 네가 돈 버는 줄 알겠네."

태은은 혀를 한 번 차더니 무언가 떠오른 듯 갑작스럽게 질문을 했다.

"맞다! 형! 면허 언제 따?"

"나? 2주 남았어. 2주 뒤 수요일에 도로 주행 시험이야."

"그래? 그럼 한 번에 붙을 수 있어?"

"그럴 거 같은데? 생각보다 잘되더라."

"올! 자신감! Y튜브에 올라온 영상 좀 보고 따라 해 버려!"

태은의 농담에 태진은 얼굴을 씰룩거리며 웃었다. 그렇지 않아도 Y튜브를 통해 사람들이 운전하는 영상을 수시로 보며 따라 해 봤었다. 그래서인지 교육관이 폼이 자연스럽다며 원래 운전을 하다가 사고가 난 거냐는 질문을 던지기도 했다.

아직은 일반인들과 다르게 핸드 컨트롤러를 통해 엑셀과 브레이크를 밟아야 했기에 차이점은 있었다. 이제 다리를 움직일 수 있었기에 직접 발로 엑셀과 브레이크를 밟을 수 있었지만, 운전이 자신만의 문제가 아니었기에 혹시 모를 불안감에 일단은 핸드 컨트롤러로 배우는 중이었다.

"만약에 정 안 되면 슈마허 따라 해. 끼이익 하면서 막 드리프트하고, 막 폭풍 후진 하고!"

"그러는 순간 바로 탈락이지."

"크크. 아무튼 잘된다니 다행이네. 형 이제 출퇴근할 때 차 타고 다니면 되겠네."

"네가 착각하고 있는 거 같은데 너도 봤듯이 형 오늘 지원서 넣었어."

"되겠지. 될 거야! 지금이 아니더라도 뭐 언젠가는 되지 않겠어?"

"고맙네?"

"만약 안 되면 Y튜버나 하든가. 흉내맨으로."

아마 얼굴근육이 자유자재로 움직였다면 방금 태은이 말했던 것처럼 크리에이터도 괜찮을 것 같았다. 하지만 지금은 웃는 것조차 부자연스러운 상태였다.

MfB에서는 캐스팅 에이전트의 심사를 위해 MfB 인사 담당은 물론이고 외부에서도 지원을 받아 심사를 진행했다. 이미 한 차례 한국 출신의 가수 '후'를 빌보드에 성공적으로 진출시켰고, 그 과정에서 한국 엔터테인먼트의 능력을 봤기 때문에 도움을 요청했다. 도움을 요청한 엔터테인먼트는 대부분 대형 기획사들이었다.

밥그릇 싸움이 될 수도 있었지만, 대형 기획사들은 소속 연예인들이 해외로 진출할 때 MfB를 통해 진출한다면 안정성이 보장된다는 점 때문에 적극적으로 도왔다. 다만 중소 기획사나 소형 기획사들은 대상에서 제외되었다. 자신들에게 소속되어 있던 매니저나 관계자들이 MfB에 지원하고 있는데 도움을 줄 리가 없었다. 그리고 MfB에서도 그들의 도움은 필요하지 않았다. 사람 보는 눈이 있는데도 아직까지 소형 기획사로 남아 있을 리가 없었다.

MfB에 가장 적극적으로 도움을 준 곳은 미국 빌보드 석권은 물론, 세계적으로 인기를 끌고 있는 월드 스타 '후'의 소속사인 라온엔터테인먼트였다. 라온에서도 MfB가 후를 미국에서 데뷔시키기 위해 했던 노력들을 알고 있었고 지금도 해외에서의 활동은 MfB를 통해 이뤄지고 있는 상태였다. 그렇기에 요청에 적극적으로 응했다. 라온의 이종락 부장을 필두로 인사 담당자들이 MfB를 돕고 있었다.

지원자들이 많을 거라고 예상은 했지만 막상 서류 심사를 보게 되자 그 수가 상상을 초월했다. 코로나의 영향으로 작년 기업들이 채용을 미뤘던 이유도 겹쳐서인지 지원자가 너무 많았다. 때문에 며칠째 서류만 들여다보고 있던 상태였다. 서류 면접에 정해진 양식이 있었다면 수월했을 텐데 MfB의 서류 면접은 양식이 없었다. 그러다 보니 엄청나게 다양했다. 달랑 한 장으로 작성해서 보낸 지원자도 있었지만, 몇 장이나 되는 지원서를 보낸 사람도 있었다. 물론 많이 적었다고 서류심사에 통과되는 건 아니었다. 양이 많다 보니 필요 없는 내용도 많았기에 오히려 더 짜증 나게 만들었다.

"으아, 뭐가 이렇게 많아. 끝이 없네, 끝이 없어. 서류 면접은 인사과에서 하는 거 아니냐?"

"그러게요."

"아, 이거 미치겠다. 우리 신입 뽑을 때도 이 정도는 아니었는데."

"그래도 비슷하잖아요. 우리는 서류는 아니지만 면접으로 이렇게 하잖아요."

"그놈의 인성이 뭐라고. 그런데 여기는 서류 통과되면 또 면접할 거 아니야."

"그렇겠죠?"

"진짜 말이 좋아 에이전트지 캐스팅 매니저 아니야. 매니저 뽑는 데 이렇게까지 할 일이냐. 그리고 매니저 뽑는 데 무슨 면접을 3번이나 봐. 지금 1차, 신입 뽑는다면서 실무도 봐. 그리고 3차로 인성까지. 이래서 매니저 하겠냐? 차라리 면접 공부해서 일반 대기업 시험 보는 게 쉽겠어."

"그러니까 세계적으로 유명한 에이전시가 됐겠죠. 그나저나 뭐 특별한 사람이 안 보이네요. 곽이정 실장님은 누구 뽑았으려나."

"아! 우리도 빨리 찾아서 보내 줘. 안 그러면 또 전화 와서 하소연한다."

"전화만 하면 다행이죠. 그래도 열심히 하는 거 보면 책임감 있는 사람 같은데."

"자기 안 잘릴려고 그러는 거지! 아무튼 빨리빨리 봐!"


이종락 부장은 지끈거리는 머리를 부여잡았다. 곽 실장이라는 사람은 예전부터 알고 있긴 했다. 다만 이전엔 바나나엔터테인먼트 소속이었기에 이름과 얼굴 정도만 알고 있었다. 그런데 이번 일 때문이라고는 하나 마치 오랜 친분을 쌓은 사람처럼 라온으로 찾아오기도 했고 찾아와서 제대로 된 사람이 없다며 하소연을 하기도 했다.

직원들과 한참이나 지원서를 확인하던 이종락은 모니터를 보며 얼굴을 찡그렸다. 이번에도 지원서의 두께가 두꺼웠다.


"많다고 좋은 게 아닌데. 우리 바닥이 주저리 늘어놓는 게 아니라 감이라는 게 있어야 되는 건데."

"옛날 얘기를 하세요."

"나 때는 그랬다고. 지금이야 얼마나 체계적으로 연습했냐 그런 거 보지만 나 때는 딱 빛나는 사람, 그런 사람 뽑았다고. 그게 후야."

"에이! 후 님은 스튜디오에서 뽑은 거 다 알고 있는데."

"그냥 좀 넘어가. 그런데 이 사람은 뭘 이렇게 많이 보낸 거야. 지금까지 중에 용량은 탑인 거 같네."

이종락은 한숨을 뱉고는 지원서를 읽기 시작했다.

*　　　*　　　*

지금까지 본 바로 양이 많은 지원서들은 대부분 쓸데없는 살이 붙어 있었기에 대충 읽는 게 속 편했다. 그런데 지금 보는 지원서는 다른 지원서와 달랐다.

"뭐야. 자기 흉내 잘 낸다고 지원서를 보내?"

"왜요?"

"자기가 웬만한 사람은 대부분 흉내 낼 수 있대. 가만 보자. 학교도 안 다녔어? 초등학교? 초등학교만 다녔어?"

"성대모사요?"

"그렇겠지?"

"혹시 개그맨 응시하려고 했는데 잘못 보낸 거 아니에요? 개그 프로그램들이 다 없어져서 여기에 보냈나?"

"어? 또 그런 거 같진 않네… 뭐야, 뭘 이렇게 연구를 했어."

"뭔데요?"

서두만 하더라도 다른 지원서처럼 자기소개와 특기가 적혀 있었지만, 내용물이 그런 지원서들과는 달랐다. 특기가 흉내라고 할 때까지만 해도 넘어가려 했는데 자신이 흉내를 낼 수 있는 사람들을 나열했고, 그 사람들의 특징에 대해서 자세히 적어 놓았다.

읽다 보니 실제 대상이 머릿속에 그려지기까지 할 정도로 자세한 설명이었다. 그러다 라온 소속의 가수에 대한 묘사가 있었다. 박재진이라는 중년 가수였고, 쉰 살이 되도록 가수 활동을 꾸준히 하며 음원을 발매하면 인기도 있었다. 현재는 가수보다 CF 위주로 활동을 하고 있었다.

"재진이 형도 있어."

[박재진의 목소리는 특별하지 않습니다. 그렇다고 기교파 가수도 아닙니다. 주변에 있을 것 같은 그런 흔한 목소리이고 90년대 느낌의 노래입니다. 그럼에도 작년에 발매한 '이별, 만남 또다시 이별'이 음원차트 상위권에 자리했던 이유는 박재진이 노래할 때 취하는 애절해 보이는 제스처와 표정 때문이라고 봅니다. 그중에서도 대중에게 어필이 되는 건 눈빛입니다. 감정이 실린 눈빛은 도저히 따라 할 수가 없었습니다.]

이종락 그 자신이 박재진과 친한 데다가 그가 특별히 뛰어난 보컬이 아니라는 걸 누구보다 잘 알고 있었다. 그리고 지원서에 적힌 내용처럼 그는 감정 표현을 위주로 하는 가수였다. 같은 생각을 하고 있어서인지 지원서 내용이 술술 읽혔다. 꽤 제대로 된 분석이었다.

[게다가 다음에 출시한 CF 삽입곡인 '사랑을 나눠요' 때는 굉장히 따뜻한 눈빛을 보냈습니다. 조사해 본 바에 의하면 직접 기부를 하는 활동을 경험하며 마음에서 우러러 나와 부른 곡이 아닐까 생각합니다. 박재진은 경험을 통해 느낀 바를 표현하는 데 탁월합니다.]

"맞지. 재진이 형이 자기 경험을 전달하는 데는 누구보다 월등하지."

이종락은 글을 읽다 말고 스크롤을 쭉 내렸다. 한참을 내리고 나서야 마지막이 보였다. 총 30명에 대해 분석을 했다. 그때 마지막에 적힌 글이 눈에 들어왔다.

[위 30명은 완벽히는 아니더라도 일부 흉내 낼 수 있는 연기자 및 가수들입니다. 그럼에도 대중들에게 사랑을 받고 있는 중이고 각 분야를 대표하는 사람들입니다. 그렇지만 각 분야에서 가장 우선적으로 손꼽히는 사람들은 아닙니다. 그 사람들은 아무리 연습하고 연구해도 따라 할 수가 없었습니다.
이것이 제가 캐스팅 에이전트 부서에 지원을 하게 된 이유입니다. 제가 따라 할 수 없는 그런 사람을 찾아 대중들에게 소개한다

면 반드시 성공할 것입니다.]

이종락은 지원서를 보다가 그만 헛웃음을 뱉었다. 마무리가 너무 허무맹랑했다.

"뭐, 자기가 못 따라 하면 대스타가 된다는 거야? 이야, 제정신인 줄 알았는데 마지막에 똥을 싸 놨네."

옆에 있던 직원도 일부 동의하듯 고개를 끄덕거렸다.

"자신 있는 건 좋긴 한데 너무 나간 거 같네요. 그래도 전 대단한 거 같은데요?"
"뭐가?"
"저기 적힌 사람들 말이에요. 몇 명만 봐도 특징들이 정확하던데. 몇몇 배우들은 배역에 따라서 분류해 놨잖아요."
"그렇긴 하지."
"그리고 얼마나 많은 연구를 했겠어요."
"그렇지? 그런데 좀 허언증 있고 그럴까 봐."
"에이, 그건 우리가 상관할 건 아니죠. 인성은 면접관이 봐야죠. 뭐 실무 면접부터 붙어야겠지만."
"야! 실무 면접 내가 보잖아. 성대모사만 없었어도 그냥 안 뽑았을 거 같은데."
"아! 그래도 궁금하지 않아요? 진짜 따라 할 수 있는지 아닌지?"

듣고 보니 이종락도 궁금해졌다.

"이야, 컨셉이 기가 막히네. 궁금하게 해서 뽑아 달라는 건가? 와, 고민된다."
"그죠? 전 너무 궁금한데. 저희가 선택해서 넘기면 실무 면접 본다면서요. 시나리오 던져 주고 거기에 맞는 배우 추천한다는데 이 사람이 누구 추천할지 궁금하지 않아요?"

모니터를 보던 이종락이 갑자기 서랍을 열었다. 그러고는 서류를 꺼내더니 갑자기 손가락으로 짚어 가며 읽기 시작했다.

"그렇지 실무 면접이 추천이지. 뭐 추천보다는 통찰력을 보려고 그러는 거지만. 그래도 이 친구가 누구 추천하는지 궁금하긴 한데… 자기가 따라 할 수 없는 사람 추천하겠지?"
"그러니까요. 그게 누군지 궁금하잖아요. 서류도 그 정도면 괜찮은 거 같은데."

끝까지 고민을 하던 이종락은 입맛을 다시고는 다운받은 지원서를 합격자 폴더에 옮겼다.

"허언증인지 아닌지 보자고."

*　　　　*　　　　*

며칠 뒤. 태민과 태은 그리고 부모님까지, 태진을 제외한 가족들이 전부 차에 타고 있었다. 그리고 모두의 시선이 창문에 고정된 채였다. 가장 초조한 표정을 짓고 있던 아버지가 한숨을 뱉었다.

"왜 이렇게 안 와. 태민아, 아까 차 운전한 게 네 형이라고 안 그랬어?"
"형 맞아요."
"그런데 왜 이렇게 안 와."
"오겠죠."

태민은 덤덤한 척했지만 속으로 긴장되기는 마찬가지였다. 분명히 도로 주행을 마친 차가 들어오는 걸 봤는데 어째서인지 태진이 나오지 않고 있었다.

"큰형 떨어진 거 아니야? 그래서 다음 시험 접수하느라고 늦는 거 아니야?"
"그럴 수도 있지. 다음에 붙으면 되겠지."
"그럼 안 되지! 뭐야! 자신감 넘치더니!"

그때, 태진이 차를 찾는지 두리번거리며 다가오는 게 보였다. 아버지가 가볍게 클랙슨을 누르자 태진이 손을 흔들며 다가왔다. 어머니는 태진의 모습을 물끄러미 쳐다봤다.

"우리 태진이 저렇게 걷는 거 보니까 또 가슴이 울컥하네."

"형이 그만큼 열심히 치료받았잖아요."

가족들 모두가 뿌듯한 표정으로 태진을 쳐다봤다. 그때, 태진이 차에 올라탔다. 그러자 가족들은 입을 다문 채 태진을 쳐다봤다. 결과를 물어보고 싶어 하는데 꾹 참고 있는 표정들이었다. 결국 막내 태은이 참지 못하고 입을 열었다.

"큰형! 사람이 왜 그래. 결과가 어떻게 됐는지 알려 줘야지."

"붙었지."

"붙었어? 진짜? 그런데 왜 그렇게 늦었어!"

"어, 면허 발급하느라고 늦었어. 바로 되더라고. 자."

"오! 자동차 운전면허증!"

면허증을 받아 든 태은이 이리저리 살펴볼 때, 운전석에 앉아 있던 아버지가 자신도 보여 달라며 손을 내밀었다. 면허증을 건네받은 아버지는 다시 몸을 앞쪽으로 하고는 고개를 숙여 면허증을 쳐다봤다.

"장하네."

"그러게. 우리 아들 장하다."

부모님의 한마디에 차 안이 조용해졌다. 부모님들도 아들들의 시선을 느꼈지만, 지금 손에 든 작은 면허증이 주는 감격 때문에 아들들을 쳐다볼 수 없었다. 남들 다 있는 면허증이었지만, 자동차 사고로 인해 다친 태진에게는 무척이나 특별했다.

말은 못 했어도 이 면허증 하나를 얻기까지 심적으로 많은 고통이 있었을 것이었다. 그것을 다 견뎌 내며 얻은 결과물이었다. 이제는 몸뿐만이 아니라 마음도 건강해지는 것 같아 가슴이 벅차올랐다. 그때, 뒤에 앉은 형제들 가운데 막내 태은이 신기해하는 표정으로 입을 열었다.

"어? 작은형 웃어?"

"내가 뭐."

"왜 또 정색해. 지금 막 큰형 보면서 활짝 웃었잖아."

"내가 언제?"

"그랬다니까! 아나! 사진 찍어 놓을걸. 작은형 저렇게 웃는 거 처음 봤는데. 큰형은 봤지?"

태진은 고개를 돌려 태민을 보며 고개를 끄덕거렸다. 태민이 자신을 위해 참 많은 것을 참고 살았던 것을 알고 있었다. 표정을 지을 수 없는 자신 때문에 태민도 억지로 표정을 짓지 않으려 하는 것까지 알고 있었다.

면허 시험에 도전한 이유도 태민의 짐을 덜어 주게 하려는 이유가 가장 우선이었다. 아직까지 자신의 잘못이라고 생각하며 자신의 삶이 없는 태민에게 건강한 모습을 보여 주기 위해서였다. 그래야지 태민이도 자신의 삶을 살아갈 수 있을 거라고 생각했다.

"한태민."
"응?"
"이제 웃어. 형, 괜찮아."

태민은 아무런 말도 없이 창밖을 보며 고개를 끄덕거렸다. 그러자 앞좌석에 앉아 있던 부모님도 그 모습을 보며 흐뭇한 미소를 지었다. 그때, 막내 태은이 어색한 분위기를 바꾸려는지 웃으며 말했다.

"형 면허 땄으니까 그럼 이제 가자! 아빠, 빨리 가요!"
"어, 그래야지. 가자! 출발하자!"

태진은 의아한 표정으로 태은을 쳐다봤다.

"어디 가?"
"가 보면 알아! 잠깐만 기다려 봐!"
"밥 먹으러 가? 아버지, 어머니, 태민이 간만에 쉬는 날인데 좀 쉬게 집에서 먹지."
"아냐! 나는! 나도 쉬는 날인데?"
"어? 너 요즘 어디 간다 싶더니 일 다녔어? 고등학생이 무슨 일이야."
"유도심문에 걸렸네. 그냥 조용히 있어 봐!"

태진은 부모님과 동생들을 쳐다봤지만, 누구 하나 얘기를 해
주는 사람이 없었다. 그렇게 궁금해하며 이동했고, 집에서 그다
지 멀지 않은 곳에서 차가 멈췄다.

[성진 카센터]

간판을 본 태진은 의아해할 틈도 없었다. 먼저 내린 태은의
손에 끌리다시피 차에서 내렸다. 그러자 부모님과 태민이도 차
에서 내렸다. 그러자 카센터 직원이 인사를 하며 다가왔다.

"오셨어요."
"다 끝났죠?"
"그럼요! 어제 다 해 놨죠. 저희 단골 고객이시라서 특별히 더
신경 썼습니다."

카센터 직원의 안내를 받아 이동한 곳에는 흰색 경차가 있었
다. 태진은 혹시나 자신을 위해 준비한 건가 싶은 마음에 입을
열려 할 때, 카센터 직원이 먼저 말했다.

"한번 확인해 보시죠. 어떤 분이 타실 건지."

직원의 말이 끝나기도 전에 가족들은 모두 태진을 쳐다봤
다. 태민은 잠바 안주머니에서 작은 상자를 꺼낸 뒤 태진에게

건넸다.

"경차지만 잘 타고 다녀. 면허 딴 거 축하해, 형."
"아들! 축하해. 태민이하고 태은이가 진짜 많이 고민해서 고른 거야."
"큰형! 축하해!"

뜻밖의 선물을 받은 태진은 고마운 마음에 입술이 씰룩거렸다. 그걸 본 카센터 직원은 오해를 했는지 대화에 끼어들었다.

"요새는 경차 진짜 좋죠. 특히 이 굿모닝은 아주 잘 팔리거든요. 이번에 페이스리프트까지 해서 디자인도 더 세련되고요. 타 보시면 마음에 드실 거예요."
"네, 마음에 들어요."

표정 없이 입술만 씰룩거려서 한 오해였다. 태진은 만져 볼 엄두도 내지 못하고 이리저리 차를 살펴보기만 했다.

"새 차면 비쌀 텐데."
"태은이는 중고로 사더라도 중형차 사자고 했는데 태민이가 새롭게 시작하자는 의미로 새 차로 하자고 그러더라. 아빠하고 엄마가 반 내고 나머지 반은 태민이가 내기로 했어."
"태민이도요?"

태민을 쳐다보니 멋쩍은 표정으로 고개를 돌리고 있었다.

"아빠, 엄마 감사해요. 태민아, 고맙다."

그때, 막내 태은이가 섭섭하다는 표정으로 입을 열었다.

"왜 난 빼! 내가 이거 달았거든? 저거 이름이 뭐지?"
"아, 맞다. 우리 막내아들도 진짜 고생했어. 큰형 차에 자기도
보태고 싶다고 그러더니 핸드 컨트롤러는 태은이가 돈 낸 거야."
"난 저게 저렇게 비싼 줄 몰랐지. 알고 보면 내가 제일 큰돈
썼어! 아빠랑 형은 할부로 나가지만 나는 한 방에 딱!"

태진은 가슴까지 두드리며 뿌듯해하는 태은의 뒤통수를 쓰다
듬었다.

"뭐 하러 그랬어. 그런데 네가 돈이 어디 있다고 이런 걸 했
어."
"일했지. 내가 미쳤지. 작은형한테 돈 많이 버는 거 뭐냐니까
작은형이 추천해 주더라. 택배 상하차 알바! 진짜 도망치고 싶은
거 꾹 참고 했네. 작은형은 도대체 그걸 어떻게 하고 있었던 거
야."
"어휴… 뭐 하러 그랬어."
"나중에 나도 좀 태워 주고 그러라고 투자하는 거지. 아, 참
이거 스티커! 초보니까 초보 운전 붙이고 다녀야지!"

태진은 손에 든 초보 운전 스티커를 보고 숨을 크게 들이마셨다. 그동안 어딜 그렇게 다니나 했더니 핸드 컨트롤러를 구매하기 위해서 돈을 번 것이었다. 태진은 막내가 했을 고생을 생각하니 마음이 짠하면서도 고맙기도 했다.

제4장

—

면접

막내 태은은 코를 한 번 훔치고는 태진을 재촉했다.

"빨리 타 보게 스티커부터 붙여."

태진은 고개를 끄덕이고는 곧바로 차 뒤로 이동했다. 그러고는 뒤쪽 유리에 초보 운전 스티커를 붙였다. 그러자 옆에서 구경하던 태은이 만족해하는 표정을 짓더니 갑자기 태진의 팔을 끌어당겼다.

"큰형! 빨리 타 보자! 난 큰형이랑 갈 테니까 아빠, 엄마랑 작은형은 따로 와!"
"왜! 아빠랑 엄마도 같이 갈 거야. 태민아 네가 차 좀 몰고 와.

야, 아들! 작은아들! 한태민!"

"와… 작은형 봐. 못 들은 척하고 먼저 타 버렸어. 어? 엄마! 엄마도 탔다! 난 운전 못 하니까 둘이 알아서 해."

아버지는 잠깐 고민을 하더니 카센터 직원에게 말했다.

"그러고 보니 정비받을 때 됐는데 가능하죠?"

"어휴, 아닙니다! 얼마 안 됐는데 뭐 하러 정비를 또 받으세요. 키만 주고 가세요. 제가 안쪽에 옮겨 놓을 테니 내일이나 찾으러 오세요."

"그래도 될까요?"

"그럼요. 저희 단골이신데 그 정도야 가능하죠."

예전 사고 이후 차에 조금이라도 문제가 생기면 정비를 받아서인지 카센터 직원은 무척이나 친절하게 대해 주었다. 하지만 친절함 때문에 체격이 큰 네 명과 어머니까지 경차에 타게 되었다. 가족 모두가 차에 타자 아버지 차와는 다르게 서로 얼굴이 닿을 거 같은 느낌마저 들었다. 그럼에도 모두가 웃고 있었다.

"출발!"

차가 출발하자 태진은 운전을 배울 때보다 긴장되는지 핸들을 잡은 손에 핏줄까지 서 있었다. 그걸 느꼈는지 보조석을 차지

한 태은이 웃으며 말했다.

"형! 긴장 풀어!"
"긴장 안 했는데?"
"지금 형 팔에 힘줄 보면 핸들 곧 뽑힐 거 같은데? 긴장하지 말고 동영상을 떠올려! 슈마허, 슈마허!"

긴장을 풀려 했지만, 마음대로 되지 않았다. 자신의 차로 처음 운전을 해서가 아니라 가족이 타 있기 때문이었다. 예전 생각이 떠오르며 자칫하면 한순간에 가족 모두를 잃을 수도 있다는 생각이 머릿속에서 떠나질 않았다. 입술이 말라 갔고 숨까지 가빠질 것 같은 걸 억지로 참고 있었다. 그러다 보니 차는 느릿느릿 이동했다. 그때, 태진의 휴대폰에 메시지가 도착했다.

"이거 블루투스 연결 안 했지! 이따 해야겠네! 형 핸드폰 봐줘? 내가 봐?"

태진은 오직 마음의 안정을 찾느라 정신없는 상태로 고개를 끄덕거렸다. 그러자 태은이 휴대폰을 가져갔다. 그러고는 잠시 조용해지더니 갑자기 갓길을 가리켰다.

"형! 잠깐 세워 봐!"
"한태은, 큰형 운전하는 데 왜 방해해. 가만히 좀 있어."

"잠깐이면 돼. 좀 세워 봐."

"여기 차 세울 곳이 어디 있어."

"저기! 저기! 커피 드라이브스루 있네! 큰형, 저기 세워 봐."

태진도 잘됐다는 생각에 일단 커피 전문점 드라이브스루 입구로 차를 움직였다. 그리고는 여전히 긴장한 채 운전대를 잡고 있을 때, 태민이 막내를 나무랐다.

"너, 자꾸 방해할래?"

태민의 나무람에도 태은은 코를 벌렁거리기까지 하면서 웃었다. 그리고는 갑자기 태진의 휴대폰을 쓰윽 내밀었다.

"안녕하세요. MfB입니다. 귀하께서는 MfB 캐스팅 에이전트부 신입 모집에 1차 합격 되셨습니다. 축하드립니다. 아울러 2차 실무 면접이 진행됨을 안내드리고자 합니다. 2차 실무 면접에 관한 내용은 귀하의 메일로 발송하였습니다."

태은의 말이 끝나자 뒷좌석에 있던 부모님과 태민이 상기된 표정으로 되물었다.

"엄마는 우리 태진이 잘할 줄 알았어."

"진짜 우리 큰아들 합격했어? 휴대폰 이리 줘 봐."

"형, 진짜 합격했어? 한태은, 장난치는 거면 이번엔 진짜 때릴 거야. 엄청 세게. 그것도 명치."

태은은 마구 웃더니 고개를 끄덕거렸다.

"큰형, 내가 뭐라고 했어! 내가 된다고 했지! 큰형!"

태진은 놀란 채 눈을 껌뻑거렸다. 합격되길 바라기는 했지만 진짜 합격하게 될 줄은 몰랐다. 뜻밖의 합격에 태진은 멍한 표정으로 앞에서 대기 중인 차만 쳐다봤다. 그러자 태은이 직접 확인하라며 휴대폰을 보여 주었다.

"진짜네… 나 합격했네."
"큰형! 진짜 축하해. MfB에서 차 산 줄 알고 합격시켜 준 거 아니야?"
"오……."

그때, 뒤에 있던 태민이 앞을 향해 손을 뻗었다.

"가야지."
"어."

합격 문자 덕분에 가족이 타고 있다는 긴장감이 풀려서인지 태진의 폼은 운전 강사에게 칭찬받았을 때처럼 자연스러워졌다. 그리고 주문을 하는 곳에 도착한 태진은 창문을 내렸다.

"안녕하세요. 위켄드입니다. 주문 도와 드리겠습니다."

"저… 합격했다네요."

"네?"

"아! 제가 무슨 말을. 아이스아메리카노 두 잔, 뜨거운 아메리카노 두 잔하고 아이스초코 한 잔 주세요."

갑자기 자랑을 하는 태진의 모습을 본 가족 세 사람은 어이가 없다는 표정을 지었다. 그것도 잠시, 동시에 크게 웃어 버렸다.

\*　　　　　\*　　　　　\*

집에 돌아온 태진은 곧바로 메일부터 확인했다. MfB로부터 메일이 두 통이 도착해 있었고, 한 통은 아까 문자로 봤던 합격 메일이었다. 다시 봐도 가슴을 벅차게 만드는 내용이었지만, 아직 면접이 끝난 것이 아니었기에 서둘러 다음 메일을 확인했다. 그때, 침대에 있던 태은이 궁금했는지 얼굴을 내밀었다.

"형, 언제 오래?"

"뭘 언제야?"

"면접 오라는 거 아니야?"

"2차도 메일로 보내는 거 같은데?"

"어? 원래 TV 보면 막 면접자들 다닥다닥 줄 서서 앉아 있고 그런 거 아니야?"

"2차는 아닌가 본데?"

"코로나 때문인가? 이제 백신 풀린다고 그랬는데 조심하는 건
가? 그럼 막 인터넷에서 찾아서 면접 봐도 되겠네? 내가 도와
줘?"

태진은 대꾸를 하지 않고 메일을 마저 읽었다. 메일 내용은
첨부파일로 보낸 내용을 확인하고 역할에 맞는 사람을 추천하
라는 것이었다. 그 외에는 대부분이 면접이 진행되는 기간과 주
의 사항 같은 것들이었다. 한 글자도 빠짐없이 읽고는 첨부파일
을 다운받았다. 3페이지 분량 정도 되었고, 뭔가 글이 적혀 있
었다.

"어? 시나리오인가?"

"시나리오? 대본 이런 거?"

"제목이 있어. '미션'이래. 근데 처음 보는 제목인데."

"형이 모르는 거 보면 진짜 개봉 안 한 영화인가 본데?"

극장을 가진 못했어도 TV를 통해 수많은 영화를 봤었다.
지금까지 봤던 영화들을 완벽하게 기억하고 있진 못했지만,
제목을 들으면 언뜻이라도 기억이 날 텐데 미션이라는 한국
영화를 본 기억은 없었다. 태진은 궁금해하며 글을 읽어 내려
갔다.

[1. 아파트 주차장, 차 안 - 밤

40대 중반의 남성이 차에서 내린다. 차 문을 닫는 소리가 주차장에 울릴 정도로 세게 닫는다.

남성은 집으로 가기 위해 엘리베이터를 기다린다. 도착한 엘리베이터에서 배달원으로 보이는 헬멧을 쓴 남자와 마주친다.

40대 남성 — 이봐요, 왜 이리로 다니는 겁니까. 여기 입주민 전용인데.

배달원은 대꾸하지 않고 고개만 숙이고 지나쳐 가려 했다.

40대 남성 — (배달원의 어깨를 잡으며) 사람이 말을 했으면 대답을 해야지.

배달원 — (어깨에 올려진 손을 보며 냉소.)

40대 남성 — (배달원의 웃음소리가 기분 나쁘다는 표정으로) 가게가 어디야. 아이 진짜, 엘리베이터에 냄새하고는.

배달원 — (대꾸 없이 쓰고 있던 헬멧을 쓰다듬는다.)

40대 남성이 배달원을 위아래로 훑어보고 엘리베이터에 탄다.

40대 남성 — (코를 막으며) 뭘 배달한 거야. 아, 냄새!

엘리베이터가 닫히려고 할 때 다시 열린다. 엘리베이터 앞에는 배달원이 서 있다.

배달원 — (헬멧을 살짝 들어 올리고는) 미션에 없었던 건데… 무슨 냄새인지 알고 싶나?

40대 남성 — (배달원의 눈빛에 놀란 표정으로 벽에 붙으며) 뭐… 뭐라는 거야.

배달원 — (뒤춤에 손을 넣는다.)

그때, 아파트 주차장에 차가 들어오는 소리가 들린다. 소리와 함께 배달원이 엘리베이터 버튼에서 손을 뗀다.

배달원 — (헬멧을 다시 내리며) 후, 미션에 없는 짓 할 뻔했네.]

시나리오 내용은 범죄영화의 클리셰 설정을 따라갔다. 아마 영화의 초반에 삽입되는 장면일 것이었다. 이런 장면을 넣어 관객들로 하여금 긴장을 하게 만들어 다음 내용에 몰입할 수 있도록 한 것이었다. 하도 많은 영화와 드라마를 봤었기에 어느 정도 예상이 되었다.

태진의 예상대로 다음 내용에는 '미션'이라는 영화를 이끌어 갈 형사가 등장했다. 시나리오 전체를 보낸 것이 아니었기에 전체 내용을 정확히 알 수는 없었지만, 어떤 내용으로 흘러갈지 추측할 수 있었다. 미션을 받으면 무언가를 해야 되고 그 무언가가 사회적으로 문제가 되고 있다는 것. 그리고 그걸 다음 시나리오에서 등장하는 형사가 밝혀 내는 그런 내용 같았다.

적지 않은 수의 드라마와 영화를 봤던 태진은 내용이 어떻게 흘러갈지 대략적으로 예상되었다. 보통 이런 영화들은 배역에 따라 분위기가 달라지기도 하는데 시나리오상으로 보면 진행되는 분위기를 정해 놓은 듯 보였다. MfB에서는 이 시나리오 안에 있는 등장인물에 어울리는 배우를 추천하라고 했다.

　시나리오를 모두 읽은 태진은 한숨을 뱉으며 의자에 등을 기
댔다. 그러자 어느새 옆으로 다가와 함께 읽고 있던 태은이 입
을 열었다.


　"원래 이런 거 오디션으로 뽑고 그러지 않아?"

　"나도 안 해 봐서 모르지."

　"시험이라 이런 건가?"


　태은은 고개를 한 번 갸웃거리더니 갑자기 씨익 웃었다.


　"형은 엄청 쉽겠는데?"

　"내가? 나 아무런 생각도 안 드는데."

　"딱 봐도 형사 할 거 아니야? 일단 내가 추천해 볼게. 최정식
으로 해 보자."

　"뭘 해 봐?"

　"최정식 흉내로 저 대사 따라 해 봐. 내가 먼저 대사 해 줄게.
'아이, 저 꼴통 새끼! 강석화! 이 자식아! 지금 비상인데 자장면이
입에 넘어 가냐?' 이제 형 차례!"


　태진은 막내가 무슨 말을 하는지 이해하고는 얼굴을 씰룩거렸
다.


　"태은아, 넌 배우 할 생각 없지?"

"왜? 배우 할까?"

"아니, 하지 말라고. 연기가 너무 이상해."

"장난으로 하니까 그렇지. 진짜 해 봐?"

"아니야. 괜찮아."

"그럼 형이 해 봐."

태진은 어떤 사람이 어울릴까 생각했다. 일단은 태은이 말했던 최정식이라는 배우를 떠올렸다. 워낙 형사 역할을 많이 맡았던 배우였기에 흉내 내는 데 어려울 것 같지 않았다.

"머리털도 없는 양반들이 뭘 그렇게 모여서 빛을 내고 있어요. 사람 눈부시게."

"푸하하하. 진짜 똑같다!"

"아무런 관계도 없고 원한도 없다고 그게 '묻지 마'라고? 머리로 빛만 낼 줄 알지 속은 텅 비었어. 묻지 마인데 아파트 호수를 딱 찍어서 한다고?"

"와! 크크크. 형, 진짜 대박이다. 이런 영화 있을 거 같아. 최정식이 딱인데? 다른 사람들 들어볼 필요도 없을 거 같아!"

태진은 최정식 외에도 비슷한 이미지를 가지고 있는 배우들을 흉내 냈다. 한참이나 흉내를 내던 태진은 어떤 사람을 추천할까 고민되었다.

"다른 사람들은 누굴 추천할까?"

"면접 보는 사람들?"

"응. 비슷할 수 있을 거 같아서."

"사람들 눈이 거기서 거긴데 비슷하겠지. 원래 대세를 따라야 되는 거 몰라? 그냥 무난한 배우 잘 어울리는 배우 뽑는 거지. 그러니까 그런 사람들이 많이 나오는 거고."

태진도 동의하듯 고개를 끄덕거렸다. TV나 영화에 많이 나오는 배우만큼 검증된 사람도 없었다. 태진이 어떤 배우를 추천할까 고민하며 마우스 스크롤을 위아래로 움직일 때 갑자기 메일의 제목이 눈에 들어왔다.

"아… 캐스팅 에이전트부⋯⋯."

\*       \*       \*

배우들을 흉내 내던 태진이 갑자기 말이 없어졌다. 그러자 태은이 의아해하며 물었다.

"왜? 뭐가 이상해?"

"그런 건 아니고. 내가 지원한 부서가 캐스팅 에이전트지?"

"그게 뭐? 지금 하는 것도 캐스팅이잖아."

"네 말이 맞는데 처음에 내가 지원한 이유가 이게 아니었잖아."

"응?"

"신인 발굴. 내가 따라 하지 못하는 사람 찾아내는 거 말이야. 생각해 보니까 신인을 찾는 게 나도 더 어필이 되지 않을까?"

가만히 듣던 태은이 고개를 끄덕거렸다. 그것도 잠시 금방 인상을 쓰며 고개를 저었다.

"신인을 막 주연으로 쓰고 그러지 않잖아. 그리고 주연 할 만큼 연기를 잘하면 이미 인기 있겠지."
"그런가?"
"그렇지."
"그럼 주연 아니고 다른 배역은? 등장인물 전체가 대상이거든. 아… 초반에 등장하는 배달원."
"배달원?"
"영화에서도 초반에 힘을 실으니까 그걸 살릴 수 있는 배우면 괜찮지 않을까?"
"어우! 난 잘 모르겠어. 이래서 취직이 어렵다는 거였네."

태은은 다시 발라당 누워 버렸고, 태진은 배달원이 나오는 시나리오를 다시 읽었다. 몇 번이나 계속해서 읽던 태진은 어울리는 이미지를 가진 배우들을 흉내 내며 따라 했다.

"미션에 없었던 건데……."
"유선중."

"미션에 없었던 건데……."

"오종민."

"맞히지 말고 좀 조용히 해 봐."

"형이 흉내 내면 맞히고 싶어져!"

다른 목소리로 같은 대사를 하던 태진이 갑자기 한숨을 뱉었다. 면접에 참가하는 다른 사람들이 어떤 노력을 하고 있을지 모른다는 생각하자 자신이 너무 편하게 찾고 있다는 생각이 들었다.

"신인 발굴이라면서 내가 너무 내 머릿속에서만 찾고 있는 거 같네."

"그럼 어디서 찾아?"

"음… 어디서 찾아야 될까."

"보통 연극이나 뮤지컬 하는 배우들이 영화로 넘어오고 그런다며. 그럼 연극 같은 거 보러 가야 되지 않아? 아, 그 사람들도 배우니까 신인이 아닌 건가?"

"연극에서 신인은 아니더라도 영화에서는 신인이겠지. 연극에서 영화로 넘어오는 배우 소개할 때 스크린 신인이라고 그러잖아."

말을 마친 태진은 곧바로 연극을 검색하기 시작했다. 엄청나게 많은 연극 공연들이 보였다. 작년만 하더라도 코로나 때문에 공연들이 전부 취소되어 있었지만, 지금은 코로나 백신이 풀리기 시작하면서 그동안 준비했던 작품들이 쏟아져 나오고 있었다.

"배달원에 어울리는 배우가 나오는 작품들이 뭐가 있을까."
"무서운 거? 연극도 무서워? 하나도 안 무서울 거 같은데."
"모르지. 나도 한 번도 못 봤는데?"
"아, 그렇지."
"카테고리를 스릴러로 해 봐야겠네."
"그런데 너무 열심히 하는 거 아니야?"
"다른 사람들도 이렇게 하겠지. 취업 전쟁이라잖아."

스릴러로 검색을 하자 그 많던 연극들 가운데에서 세 개의 공연만 남았다. 시간을 확인한 태진은 곧바로 연극 공연 시간을 확인했다.

"어떤 거부터 봐야 되나. 하나는 오늘 보고 두 개는 내일 봐야겠네."
"형! 연극 보러 가게?"
"같이 갈래?"
"내일 일 나가야 돼."
"계속 나가려고?"
"주임이 일 많다고 나와 달래. 이번에는 작은형이 소개해 준 얼굴 봐서 하겠다고 했는데 다음번엔 절대 안 해. 딱 이번 주까지만 할 거야. 용돈 번다고 생각해야지."

"우리 막내 장하네."

어쩌면 조용히 생각할 수 있었기에 혼자 가는 편이 나을 수도 있었다. 운동과 면허 학원을 제외하고는 어디를 혼자 다닌 적이 없었기에 약간 불안하기는 했지만 용기를 내 보려 했다.

"휴, 애매하네."
"뭐가? 애매해? 연극은 전부 대학로 아니야?"
"두 개는 대학로 맞는데. 하나는 대구네. 중구 화전동? 아무래도 대구는 내일 저녁 공연을 보는 게 좋겠다."
"와, 미쳤다. 연극 보러 대구까지 간다고?"
"가야지. 면접 잘 보려면 어쩔 수 없잖아."
"그 이력서? 보고서? 아무튼 누구 추천하는 거 낼 때 대구 갔다 왔다고 꼭 적어. 노력상이라도 받게."

태진은 얼굴을 씰룩거리고는 다시 모니터를 봤다. 아무래도 지금 당장 대구를 가는 건 힘들 것 같았기에 가장 마지막에 보기로 결정했다. 예매를 마친 태진은 곧바로 자리에서 일어나더니 외투를 걸쳤다. 그러고는 책상에 고이 올려놓은 상자에서 차키를 꺼냈다.

*　　　　*　　　　*

다음 날. 두 개의 연극 공연을 관람한 태진은 대구에 도착했다. 장거리 운전이다 보니 부모님과 태민이 걱정하는 마음에 같이 가겠다고 했지만, 가족을 태우고 운전하는 것이 불안했던 태진은 결국 혼자 오게 되었다. 그리고 대구에 도착하자 혼자 왔다는 생각에 뭔가 뿌듯한 감정마저 들었다.

하지만 자신이 경험을 쌓아 가는 것에 대한 뿌듯함과 다르게 2차 실무 면접 준비는 제대로 되지 않았다. 어제 봤던 연극이나 오늘 낮에 봤던 연극 모두가 생각보다 별로였다. 내용이 별로였던 것보다는 누군가를 캐스팅하겠다는 생각 때문에 집중이 되지 않았다. 그리고 사실 연기도 별로였다. 관객들에게 감정을 전달하려고 그러는지 조금 과장된 느낌도 들었다. 태진이 생각하기에 시나리오에 나온 배달원은 과격하기보다는 날카로운 눈빛과 차가운 말투가 필요하다고 생각했다.

하지만 연극 배우들의 연기는 태진이 찾고자 하는 연기가 아니었다. 연극 공연을 관람한 게 처음이라서 연극의 매력을 느끼지 못해서일지 몰라도 집중도 안 되고 재미도 없었다. 차라리 저 시나리오로 영화를 제작했다면 어떨까 하는 생각도 들었다.

그래서인지 오늘 대구에서 하는 공연에 걱정과 기대가 컸다. 마지막 남은 스릴러 공연이다 보니 어울리는 사람이 없으면 어떻게 하나 걱정되기도 했고, 만약 원하는 연기자를 발견한다면 어떤 느낌일까 두근거리기도 했다. 캐스팅 스카우터란 직업의 매력을 아주 조금이지만 느끼고 있었다.

\*     \*     \*

연극을 보는 내내 태진은 대구까지 내려온 걸 후회했다. 연극 내용이 허술해도 너무 허술했다. 충동적으로 살인을 했던 한 사람이 시간이 갈수록 죄책감을 잃고 오히려 쾌감과 흥분을 느낀다는 그런 내용이었다. 살인마에 초점이 맞춰지는 건 이해하겠는데 대조되는 등장인물의 비중이 너무 적었다. 그래서인지 계속 긴장하게 되었고, 긴장감이 쌓여 피로하게 만들었다.

게다가 작가가 쓴 대본일 텐데 중간에 시나리오를 편집했는지 아니면 작가가 의도한 건지 모르겠지만, 과거와 현재를 오가면서 사건이 진행되는 통에 정신도 없었다. 그저 살인을 하는 자극적인 장면으로 관객들을 긴장하게 만들려는 것처럼만 느껴졌다.

연극을 보던 태진은 주변을 둘러봤다. 소극장이다 보니 객석 수도 적은데 자신을 포함해 관객은 3명이 전부였다.

'이러니 관객이 없지.'

이제는 연극을 더 본다고 해도 원하는 사람을 찾을 수 없을 것 같았다. 대체 어디에서 찾아야 할까 고민을 하며 무대를 볼 때, 살인마가 네 번째 살인을 다짐하게 만드는 장면이 나오기 시작했다. 태진은 또 다른 내용에 지쳐 갔다. 그때, 살인 피해자의 연기가 눈에 들어왔다.

여러 술집들을 배경으로 세워 두었고, 배우가 술에 취한 듯 쪼그리고 앉아 있었다. 그때, 리어카를 끌고 할머니 분장을 한 배우가 등장했고, 쪼그리고 있는 배우에게 다가갔다.

"어이고, 술을 얼마나 먹은 거여. 이봐요. 아저씨, 괜찮아요? 날도 추운데 길에서 자면 안 될 건데."

남자가 대꾸가 없자 할머니는 남자를 물끄러미 쳐다보고는 리어카를 내려 놓았다. 그러고는 남자를 천천히 흔들었다.

"집이 어디예요. 정신 좀 차려 봐요."

그러자 남자가 고개를 들어 할머니를 물끄러미 쳐다보더니 그냥 가라는 듯 손을 휘저었다. 그럼에도 할머니는 가지 않고 남자를 깨우기 위해 말을 걸었다.

"내가 전화를 좀 걸어 줘요? 집에 누구 있어요?"

그러자 남자가 갑자기 한숨을 뱉더니 천천히 대사를 뱉었다.

"그냥 가요."
"어떻게 그냥 가요. 여기서 이러고 자다가 얼어 죽어요."

짧은 대사에 보는 이로 하여금 기분을 굉장히 언짢게 만들었다. 할머니가 계속해서 남자를 정신 차리게 하려고 애쓰는 장면이 이어졌다. 그때, 남자가 한숨을 뱉으며 자신의 얼굴을 할머니의 얼굴 가까이에 가져갔다.

"이봐, 노인네. 그냥 가."

그러자 할머니도 움찔하더니 남자가 정신을 차리게 만드는 걸 포기하고 리어카로 갔다. 그러고는 남자를 한 번 쳐다보며 혀를 차고는 리어카를 움직이려 했다. 그렇게 남자를 지나가려 할 때, 쪼그려 있던 남자가 앉은 채로 리어카를 붙잡았다. 그러고는 천천히 대사를 뱉었다.

"내가 당신처럼 쓰레기나 줍고 다니는 사람한테도 한심해 보이나?"
"그게 무슨 말이에요."
"내가 됐다고 했는데 왜 나를 보고 혀를 차."
"아이고! 그건… 안쓰러워서 그랬죠……."
"그냥 가라고 했잖아."

그와 동시에 천천히 일어난 남자가 할머니에게 다가가더니 무차별적인 폭행이 시작되었다. 그렇게 장면이 끝나더니 또다시 TV를 보는 살인마가 등장했다.

"술에 취해 노인을 폭행한 놈이라… 법은 용서를 해 줬지만 난 아니야. 이런 쓰레기는 내가 치우는 게 맞지."

이렇게 살인 대상자가 정해지는 장면이었다. 그 뒤로도 연극이 진행되었지만, 태진의 눈에는 들어오지 않았다. 아까 봤던 남자의 연기만 머릿속에 가득했다. 무표정한 말투로 대사를 뱉는데 그 대사가 뇌리에 박힐 만큼 실감 났다. 태진은 그 남자의 연기를 떠올리고는 조용히 따라 해 보았다.

"이봐, 노인네. 그냥 가. 음… 이게 아니었는데."

태진은 연극은 보지도 않고 남자의 연기를 떠올리며 중얼거렸다. 연극에 방해가 될 수도 있었기에 조용히 흉내를 내서인지 좀처럼 비슷한 느낌이 들지 않았다. 그럼에도 태진은 비슷한 느낌을 받을 때까지 계속해서 흉내를 냈다. 태진이 흉내에 정신을 팔려 있는 사이 연극이 끝이 났다. 끝남과 동시에 세 명의 관객 중 한명은 바로 나가 버렸고, 태진과 다른 관객만 남아 있었다.

두 명의 관객만이 남아 있었음에도 커튼콜이 진행되었다. 배우들이 나와 객석에 인사를 건네기 시작했다. 관객보다 배우들이 더 많은 어색한 상황이었지만, 배우들은 이 상황이 익숙한지 아무렇지 않게 인사를 건넸다.

오히려 태진과 다른 관객이 어색함을 느끼고 있었다. 인사를 마친 배우들도 관객들이 어색해하고 있다는 걸 알고 있는지 딱히 말을 걸지는 않았다. 그렇게 살인마를 맡았던 배우가 끝인사를 했다.

"저희 '청소부'를 봐 주셔서 감사합니다. 어떻게, 저희 '아우름' 극단의 연극이 마음에 드셨을지 모르겠네요. 앞으로도 최선을 다해 연기하겠습니다. 찾아 주셔서 감사합니다."

말이 커튼콜이지 형식적인 인사였다.

"그럼 사진 찍으실 분은 찍으셔도 됩니다."

함께 관람했던 다른 관객이 갑자기 태진을 쳐다봤다. 아무래도 사진은 찍고 싶은데 저렇게 배우들이 죽 서서 기다리다 보니 태진의 행동에 따라 자신도 움직이려는 듯 보였다. 그러다 보니 극장 안의 모든 사람이 태진을 쳐다보고 있었다.

사람들의 시선이 부담스럽기는 했지만, 태진은 아까 봤던 남자의 연기가 궁금했기에 조심스럽게 무대에 올라갔다. 그러자 다른 관객도 따라서 올라왔고, 사진 촬영을 시작했다. 배우들이 태진의 휴대폰을 가져가더니 직접 사진까지 찍어 주는 상황이 벌어졌다.

그래서 태진은 본의 아니게 연극에 출연한 여러 배우들과 함께 사진을 찍게 되었다. 그때, 사진을 찍어 주던 한 명의 배우가 입을 열었다.

"좀 웃으세요. 저희 연극 재미없었어요?"
"아, 아니요."

"그럼 웃으세요. 저희들만 웃고 있어서 그림이 이상한데요."

태진은 얼굴을 쓰다듬었다. 입꼬리만 올려 웃으면 비웃는다고 느낄 수도 있다는 생각에 그냥 입을 가려 버렸다.

"뭔 남자가 부끄러움이 이렇게 많아요."

차라리 안면마비로 웃을 수 없다고 말을 할까 싶었지만, 또 볼 사람들도 아니었기에 굳이 말할 필요를 못 느꼈다. 그렇게 배우들과 사진 촬영을 마친 태진은 자신이 따라 했던 배우를 찾아 두리번거렸다. 그러다 혼자 구석에 서 있는 모습을 발견했고, 태진은 그 배우를 물끄러미 쳐다봤다.

'그냥 외모부터 엄청 차갑네.'

가까이서 보니 마른 체형에 날카로운 이목구비 때문에 무척 차갑게 느껴졌다. 거기다가 다른 배우들과 달리 무심해 보이는 표정 때문에 선뜻 다가기가 어려웠다. 태진은 다시 연기를 보여 달라고 할 생각이었는데 그 말을 꺼낼 수 없을 정도의 느낌이었다.

'아무래도 또 봐야 되나⋯⋯.'

\*　　　　\*　　　　\*

태진이 대구에 머문 지 벌써 일주일이나 지났다. 그러다 보니 가족들이 걱정하는 건 당연했다.

—밥은 잘 먹고 있지?

"네, 잘 먹고 있어요."

—밥 먹는 데 돈 아끼지 말고 맛있는 거 사 먹어. 알았지? 그리고 잠도 좋은 곳에서 자고.

"저 편하게 잘 있으니까 걱정하지 마세요."

—내일은 올 거지?

"네, 아마 그럴 거 같아요."

—내일도 안 오면 아빠하고 태민이가 대구 갈지도 몰라. 말은 안 하는데 네 걱정이 이만저만이 아니야. 태은이도 맨날 일 다녀와서 피곤해하면서도 형부터 찾더라.

"빨리 갈게요. 그럼 연극 시작할 때 돼서 이따가 또 전화할게요."

—그래, 알았어. 밥 잘 먹고! 잠 잘 자고!

통화를 마친 태진은 미안한 마음에 숨을 들이켰다. 집에 있을 때 부모님에게 얹혀살고 있다는 걸 크게 못 느꼈는데 혼자 돌아다니다 보니 미안한 마음이 들었다. 뭘 하더라도 돈이었고, 여태껏 그 돈을 전부 부모님이 부담하고 있었다. 지금 역시 마찬가지였다.

그렇기에 MfB에 꼭 입사하고 싶다는 생각이 더욱 커졌고, 꼭

MfB에서 놀랄 정도의 배우를 추천하고 싶다는 각오가 생겼다. 그리고 그 배우는 이미 생각해 둔 상태였다.

각오를 다진 태진은 극장으로 들어왔다. 일주일을 머물며 '청소부'를 8번이나 더 봤다. 첫날 봤던 것까지 합치면 총 9번이나 같은 연극을 보고 있었다.

주말에는 하루에 두 번을 보기도 했다. 보면 볼수록 느끼는 거지만, 너무 재미없는 연극이었다. 계속 공연을 하는 게 신기할 정도로 재미가 없었다.

다만 같은 공연을 계속 봐서인지 배우들과 얼굴을 터 버렸다. 두 번째로 봤을 때까지만 하더라도 '또 오셨네요'란 인사가 다였는데 며칠 전 공연에서는 배우들이 다른 관객들에게 태진을 소개하기까지 했다.

"저희 공연을 매번 찾아 주시는 분입니다. 그렇게까지 좋아해 주시는 모습에 저희 '아우름' 극단의 배우들 모두가 힘을 얻고 있습니다. 정말 감사합니다."

고맙다고 하는데 재미없다고 할 수도 없었고, 면접 때문에 보러 왔다고 말을 꺼내기도 어려웠다.

만약 MfB 소속이 된 상태에서 캐스팅을 위해 왔었다면 어렵지 않았을 텐데 지금 자신은 그저 면접자일 뿐이었다. TV에서만 보던 난감한 상황이었지만 그것도 잠깐뿐이었다.

엊그제부터는 태진을 소개하지 않고 배우들이 오히려 태진의 눈치를 봤다.

자신을 궁금해하고 있다는 걸 느낄 만큼 배우들은 노골적으로 태진을 살폈다. 그도 그럴 것이 매번 공연을 찾아오기는 하는데 표정이 없다 보니 왜 자신들의 연극을 구경하러 오는지 궁금할 것이었다.

배우들의 시선이 부담스럽기는 했지만, 못 견딜 정도는 아니었다. 예전에 하반신마비로 걷지 못했을 때 이미 사람들의 시선은 많이 받아 봤다. 산책을 나갔을 때 지나가던 사람들의 힐끔거리는 시선 덕분에 그런 종류의 관심은 어느 정도 단련된 상태였다.

그리고 잘 모르는 사람들에게 자신에 대해 얘기하고 싶은 생각이 없었다. 아직 많은 사람들을 만나 본 것이 아니었기에 약간은 거리가 있는 편이 조금 더 편했다. 지금은 자신을 어떻게 볼지 걱정하는 것보다 '미션'의 배달부 역에 대해서만 생각해야 했다. 그리고 그 배우에 적합한 사람은 바로 '청소부'에서 태진이 흉내를 내 본 배우였다.

그 배우에 대한 검증은 끝이 났다. 9번이나 보면서 그 배우의 이름도 알게 되었다. 박승준이란 이름을 갖고 있었다. 하지만 이름이 전부였다.

인터넷에 검색을 해 봐도 딱히 나오는 정보가 없었다. 아마 연기가 뛰어났다면 이미 이름이 알려져 있을 텐데 그렇지 않은 모양이었다. 그저 지금의 배역이 너무 잘 맞는 배역이었기에 태진이 따라 할 수 없는 것 같았다.

그래도 그는 MfB가 보낸 '미션'의 배달부와도 무척 잘 어울릴 것 같았다. 9번이나 보며 관찰한 결과 목소리는 얼추 비슷하게 흉내 낼 수 있었는데 눈빛이며 분위기는 도무지 따라 할 수가 없었다. 하지만 오늘은 각오를 다지고 왔기에 기필코 박승준에게 용건을 말할 생각이었다.

잠시 뒤, 연극이 끝나자 또 커튼콜이 시작되었다. 첫날보다는 관객이 있었지만, 그래도 여전히 관객 수보다 배우들 수가 더 많았다.

커튼콜이 끝나고 항상 그랬듯이 사진 촬영이 진행되었다. 그리고 배우들은 어김없이 찾아온 태진을 보며 인사를 건네면서도 힐끔거렸다. 그중 한 배우가 태진에게 말을 걸었다.

"오늘도 사진 찍으실 거예요……?"
"오늘은 괜찮아요."
"아! 그래요? 그런데… 무대는 왜……."

다른 관객들과 사진을 찍던 배우들도 궁금했는지 고개를 돌려 태진을 봤다.

"저분께 드릴 말씀이 있어서요."
"누구요?"
"박승준 배우님께요."

박승준은 오늘도 어김없이 구석에 자리를 잡고 있었고, 태진은 박승준에게 조심스럽게 다가갔다. 그러자 '아우름' 극단의 배우들의 고개가 전부 태진을 따라갔다. 박승준 앞에 선 태진을 본 배우들은 서로를 보며 이해할 수 없다는 표정을 지었다. 어떤 배우는 양팔을 들어 올리며 어깨를 으쓱거렸고, 어떤 사람은 입만 벙긋거리며 이유를 묻고 있었다.

'왜?'

다들 궁금하단 표정으로 태진만 쳐다볼 때, 태진의 입이 열렸다.

"연기 잘 봤습니다."
"네, 뭐."

극에서 박승준이 나오는 부분이 상당히 짧다 보니 다른 배우들은 더욱 의아해했다.

"다름이 아니라 허락을 맡을 게 있어서요."
"내 허락이요?"

다른 배우들은 넋 놓고 두 사람을 쳐다봤다. 날카로운 이미지의 박승준과 표정이 없는 태진이 서로를 보고 있자 묘한 그림이었다. 그러다 자기들끼리 귓속말로 쑥덕거렸다.

"이상한 놈들은 지들끼리 끌리는 뭔가가 있나 봐."
"저 형한테 뭘 허락받는다는 거야?"

그때, 태진이 조심스럽게 입을 열었다.

"제가 이번에 취업을 하면서 실무 면접을 보고 있어요."
"그런데요?"
"회사가 MfB라는 에이전시인데 어떤 시나리오에 어울리는 배우를 찾아서 추천을 하는 거예요."
"나를요? 어떤 내용인데요."
"시나리오에 대해서는 말씀드릴 수 없어요. 그저 추천을 하는 것으로 끝나는 일이라서요."

박승준과 태진 둘 다 별다른 표정 없이 서로를 쳐다봤다. 하지만 주변의 배우들의 표정은 제각각이었다.

"그래서 우리 연극 계속 보러 온 거야? 그런데 왜 우리 연극이야? 시나리오가 비슷한가?"
"그래도 뭔가 이상하네. 보통 우리가 오디션 찾아다니거나 그러잖아. 그리고 연락이 오더라도 전화 한 통 해서 오라고 그러는데."
"그렇긴 하지. 이렇게 찾아와서 연극 보고 허락까지 구하진 않지. 일단 이름 올리고 보잖아. 면접 때문이라는 거 보면 잘 몰라서 저러는 거 같은데. 그런데 MfB면 큰 에이전시잖아."

그때, '청소부'에서 주연을 맡았던 배우가 표정을 찡그리며 말했다.

"보는 눈이 없네. 보나마나 떨어질 거다. 골라도 하필이면 저 사람이냐."

그저 실무 면접에 추천하는 일이었음에도 자신이 아니라 단역 배우를 추천하려는 태진의 선택에 약간의 질투가 더해졌다. 그 제야 다른 사람들도 주연배우의 말 때문인지 왜 자신이 아니라 박승준을 택했는지 의아했다.

"진짜 왜 저 오빠일까? 정신병자 역할인가?"
"잘 몰라서 저러는 거겠지. 에휴, 됐다."

그때, 앉아 있던 박승준이 자리에서 일어났다. 그러고는 태진 을 힐끔 쳐다보며 말했다.

"그렇게 하든가."

그 말을 끝으로 무대를 내려가 버렸고, 태진은 그런 박승준을 물끄러미 쳐다봤다. 그러고는 주먹을 불끈 쥐고는 서둘러 극장 을 나가 버렸다. 남아 있던 배우들은 그제야 큰 목소리를 냈다.

"저 싸가지를 왜? 지가 뭐라고 그렇게 하든가래."
"난 방금 나간 새끼가 더 미친놈 같아. 아까 봤어? 표정 없이 주먹 들어 올리는데 진짜 좀 무섭더라."

"진짜 또라이끼리는 서로 끌리는 게 있나?"

배우들은 도저히 이해할 수 없다는 표정으로 서로를 쳐다봤다.

＊          ＊          ＊

며칠 뒤. 라온의 이종락은 실무 면접 평가를 위해 MfB에 자리했다. 바나나엔터테인먼트에서 MfB로 옮겨 오면서 캐스팅부의 한 부서를 책임지게 된 곽이정과 또 다른 팀장들이 자리하고 있었다. 그밖에도 MfB의 인사 담당자들도 있었고, 자신처럼 다른 엔터테인먼트에서 도움을 주러 온 사람들도 있었다. 대부분이 이름만 들어도 알 것 같은 대형 스타를 보유 중인 곳들이었다.

서류들은 이미 분류가 된 상태였다. 주연배우들을 추천한 면접자들과 그 외 인물들을 추천한 면접자들의 서류들로 나뉘어 있었고, 이종락은 주연배우들의 목록을 살피는 중이었다.

"이야… 최정식 씨가 잘나가긴 잘나가나 보네. 이 실장님 좋으시겠어요."

많은 면접자들이 주연 역할에 최정식을 캐스팅하겠다고 밝혔다. 그리고 이유 또한 거의 다 비슷했다. 출연한 작품이 많다 보니 예를 든 작품만 다르다뿐이지 이유는 거의 다가 연기력이 검증된 믿고 보는 배우라고 소개했다. 남들과 달라 보이고 싶어서 인지 온갖 미사여구를 붙여다 놓았지만 결국은 같은 내용이었다.

최정식이란 배우의 소속사 '플레이스'에서도 MfB에 도움을 주기 위해 나와 있었다. 이 실장은 이종락의 칭찬이 기분 좋은지 미소가 가득했다.

"뭐 다 한때죠. 지금이야 정식 씨를 뽑는다지만 누가 언제 또 치고 올라올지 모르죠. 이 바닥이 다 그렇잖아요."

"배우 관리도 잘하시면서 앓는 소리 하시네. 이거 봐요. 또 최정식 씨죠."

이종락은 종이를 흔들거리고는 혀를 내밀었다. 만약 '미선'이 실제로 제작된다면 최정식을 주연으로 쓸 수도 있을 것 같았다. 이렇게 많은 사람들이 최정식을 주연으로 추천하고 있었고, 영화사는 흥행이 필수였기에 사람들의 기대에 부응하기 위해 최정식을 주연으로 쓸 가능성이 높았다. 다만 시나리오를 보여 주고 배우를 추천하라는 시험을 낸 의미는 이것이 아니었다. 대부분이 출제 의도를 제대로 파악하지 못하고 노력을 하고 있었다. 출제 의도만 제대로 파악해도 합격은 보장될 텐데 경력직이 아닌 신입을 모집해서인지 원하는 대답이 하나도 없었다.

그러다 보니 심사를 하는 이종락도 지쳐 갔다. 같은 이름만 계속 보이자 이제는 지겨웠고, 누굴 뽑아야 할지도 난감했다.

"다른 역할은 어때요? 여러 배우들 있어요?"
"그렇죠. 별의별 배우들이 다 나오고 있죠."

플레이스가 배우 전문 기획사이다 보니 많은 배우를 알 것이었기에 지금은 주연이 아닌 다른 역할을 보고 있었다.

"이 실장님은 그래도 대부분 알고 계시잖아요. 영화계 마당발이신데."
"배우들이 얼마나 많은데 다는 모르죠. 그래도 익숙한 이름들이 많네요."
"다른 역할들은 뭐가 많아요?"
"거의 반반이네요. 반은 형사 반장 역할, 반은 배달원. 극히 일부가 주차장 40대 남성이고요. 그래도 정식 씨처럼 여기도 같은 이름들이 많이 나오네요."
"누군데요?"
"창준이 형님이요."
"김창준? 그분도 플레이스잖아요."
"하하. 그렇죠. 뭐."

자연스럽게 자랑으로 이어졌지만, 반박할 수 없는 현실이었다. 실제로도 대부분이 플레이스 소속이었다.

"거기도 추천하는 내용이 다 비슷해요?"

"그렇죠. 대부분 비슷해요. 곽 팀장님 표정 보세요. 웃고 있는 거 보면 아시잖아요."

고개를 돌려 보니 곽이정이 실실 웃고 있었다. 이종락은 플레이스 이 실장과 얼굴을 찡그렸다. 웃고 있는 걸 보면 분명히 마음에 안 드는 것이었다.

모르는 사람이 본다면 좋은 인상처럼 너그럽다고 느낄 테지만 실상을 알면 전혀 아니었다. 곽이정은 굉장히 깐깐하고 계산적인 사람이었다.

그때, MfB의 직원이 괜찮은 서류를 발견했는지 곽 팀장에게 서류를 건넸다. 그러자 서류를 보던 곽 팀장이 웃으며 입을 열었다.

"오, 배달원에 강길수라. 좋은데요? 다들 강길수 씨는 어떻게 생각하세요?"

"괜찮네요. 군대 가기 전에 악역 전문이기도 했잖아요."

"저도 괜찮아요. 전역하고 이렇다 할 출연이 없었으니까 만약에 스크린에서 본다면 관객 입장에서는 반가울 만도 할 것 같은데요?"

다들 이런저런 칭찬을 늘어놓았다. 하지만 이종락과 플레이스의 이 실장은 진저리를 치듯 몸을 떨 뿐 입을 다물고 있었다.

"그렇죠? 강길수 씨 추천은 좋은데요?"

"그럼 이 면접자분은 따로 빼놓을까요?"

"흐음. 그런데 악역 전문에다가 반가워할 얼굴이 강길수 씨뿐일까요? 그런 이유라면 오히려 다니엘 김이 더 제격 아닐까요? 같은 악역 전문이었죠. 거기다 사고로 강제로 휴식기를 가졌다가 건강을 회복했고요. 전에도 다니엘 김이 강길수보다 인기가 좋았죠. 강길수가 다니엘 김 사고로 인해 배역을 얻게 되었다는 말들이 나올 만큼."

"그럼… 빼놓지 말까요?"

"일단은 빼놓죠."

곽이정은 항상 이랬다. 자신에게 더 좋은 의견이 있다면 반드시 칭찬부터 했다. 일단 남을 칭찬해서 그 사람을 띄워 놓고 그보다 더 좋은 의견을 내놓아 자신이 더 대단하다고 생각하게끔 만들었다.

그런 곽이정을 알고 있던 이종락과 이 실장은 서로를 보며 고개를 저었다. 앞으로도 저런 의미 없는 칭찬을 들을 생각을 하니 머리가 지끈거렸다.

\*       \*       \*

이종락과 이 실장은 계속된 심사에 지쳐 잠시 휴식을 취하고는 회의실로 들어가는 중이었다. 이종락은 자신보다 지쳐 보이는 이 실장을 보며 말했다.

"이제 또 곽 팀장 칭찬 들으러 가야겠네요."

"어휴… 진짜 보면 볼수록 이상한 사람이에요. 1차 면접 때도
저희한테 얼마나 연락을 해 대던지."

"저희한테도 얼마나 연락을 많이 했는데요. 그래도 저렇게 열
심히 하니까 MfB에서 데려갔겠죠. 그나저나 플레이스도 MfB하
고 같이 일할 생각이에요?"

"그럼요. 안 그럼 제가 여기 안 있죠."

"누구? 최정식 씨?"

"정식 씨도 있고, 다른 배우들도 있으니까요. 일단 할리우드
까지 갔다 오면 대중들의 보는 눈이 달라지잖아요. 이 부장님은
좋으시겠어요. 후는 앨범만 내면 빌보드에 자리하니까."

라온 출신인 후는 월드 스타라는 별명에 걸맞게 음원만 내놓
으면 전 세계 차트 상위권에 자리했다. 그리고 후 덕분에 라온의
이름과 주가도 동반 상승 중이었다. 잘 키운 가수 하나 열 배우
안 부러웠다.

이종락은 후를 떠올리며 미소를 지은 채 회의실로 들어섰
다. 그런데 회의실의 분위기가 조금 달라져 있었다. 종락이 이
실장을 쳐다보자 이 실장은 고갯짓으로 곽이정을 가리켰고,
곽이정은 굉장히 심각한 표정으로 서류를 읽고 있었다. 곽이
정이 저렇게 심각해할 때는 두 가지였다. 완전히 쓰레기이거나
아니면 자신보다 나은 의견을 봤을 때였다. 둘 중 하나긴 하지

만, 쓰레기였다면 바로 치웠을 것이었기에 지금은 후자일 것이다.

어떤 사람을 추천했길래 저런 반응을 보이는지 궁금한 마음에 종락은 다른 직원에게 조용히 물었다.

"누구 추천했어요?"
"박승준이라는데요?"
"그게 누군데요?"
"저도 잘 모르겠어요. 검색해 봐도 아무것도 안 나오더라고요. 지금 연극 협회에 등록됐는지 알아보는 중이에요."

생소한 이름에 고개를 갸웃거리고는 이 실장을 쳐다봤다. 분명 배우라면 이 실장이 알고 있을 것이었다. 그런데 이 실장도 모르는 눈치였다. 그때, 곽이정이 인상을 찡그린 채 서류를 한쪽에 놓으며 직원에게 말했다.

"박승준 정보 모아 봐요."
"합격인가요?"
"원하는 대답이니까 일단 합격."
"박승준이라는 배우 정보 틀리면 합격 취소고요?"
"음… 보류. 다른 대답이 원하는 대답이니까 일단 보류해 놓죠."

이종락은 상의도 없이 바로 합격을 시키는 모습에 너무나 궁금해져서 조심스럽게 다가갔다. 누가 곽이정을 짜증 나게 했을

지도 궁금했다. 그래서 서류를 건네받은 직원에게 말을 걸었다.

"저 좀 볼게요."
"아! 네."

서류의 가장 위에 적힌 이름부터 눈에 들어왔다.

"한태진? 어? 내가 뽑은 한태진?"

종락이 웃으며 말하자 곽이정이 관심을 보였다.

"아세요?"
"아! 1차 서류 제가 통과시켰거든요."
"음, 그렇군요. 네, 뭐, 그냥 그럭저럭 괜찮네요."

그냥 좋게 잘했다고 인정하면 될 걸 굳이 인정하려 하지 않았다.
같이 일할 사람이 능력이 있으면 좋은 일이건만 동료까지 경쟁자라고 생각하는 것처럼 보였다.

'으이고, 좀생아.'

이종락은 속으로 혀를 차고는 서류를 봤다. 자신이 뽑은 사람이 인정을 받게 되자 기분이 묘했다. 마치 소속 가수가 앨범을 내고 대중들에게 인정을 받는 것과 비슷한 느낌이었다. 그렇다 보니 절로 미소가 지어졌다.

'그런데 내가 본 지원서에는 연예인들 특징만 있었는데. 특징을 잘 잡았나?'

미소를 짓고 있던 종락은 궁금해하며 서류를 읽어 내려갔다.

"오호. 시야도 넓네."

이종락은 태진이 보낸 자료를 천천히 살폈다. 다른 참가자들은 자신이 추천하는 배역을 분석하고 배우를 추천했지만, 태진의 자료는 조금 달랐다.

"오! 이거 우리가 뭘 보는지 유출된 거 아닌가?"

플레이스의 이 실장도 궁금했는지 이종락의 옆으로 다가왔다.

"그 정도예요?"
"이 친구 재밌어요. 제가 지금 대충 넘겨보는데 3페이지 정도가 '미션'에 대한 분석이에요. 시나리오가 어떻게 흘러갈지 예상했는데 그 예상이 얼추 비슷해요."

"그 정도는 뭐 클리셰 범벅으로 만든 건데 어느 정도 예상 가
능하죠. 다른 면접자들이 시야를 너무 좁게 봐서 그렇지 예상하
라고 하면 예상할 수 있을 거 같은데요?"

"그렇죠. 그런데 말도 안 해 줬는데 알아보는 게 더 괜찮은 거
같은데요."

"그건 그래요."

이종락과 이 실장은 머리를 맞대고 태진의 자료를 살폈다. 그
러자 MfB의 직원이 웃으며 서류를 내밀었다.

"여기 또 있어요."

"아, 고마워요."

"그런데 박승준이라는 배우는 협회에 등록 안 된 배우예요."

"아, 네. 아무튼 고마워요."

둘 다 각자 태진의 자료를 살피기 시작했다. 두 사람은 각자
살피고 있었지만, 종종 비슷한 표정을 지었다. 특히 플레이스 이
실장은 자료를 보자 굉장히 마음에 드는 표정이었다. 그런 표정
으로 자료를 읽어 내려갔다.

"전개에 긴장감을 주고 주인공이 등장해서 그 긴장감을 해소
시키는 역할을 함으로써 관객들로 하여금 주인공이 나올 때 좀
더 편안한 마음으로 볼 수 있게 만들고 그로 인해 주인공의 역
할에 몰입도를 올릴 수 있어 보인다."

"아주 정확하죠?"

"그러네요. 작가 출신인가?"

"그런 거 같진 않던데 보는 눈이 좋아요. 여기 보셨어요? 자료 보면 주인공의 역할도 중요한데 그보다 더 중요한 건 중간중간 나오는 미션을 하는 인물들이라고 적어 놨어요."

"봤죠. 미션을 하는 인물들이 미션에 참여하게 되는 배경도 잘 알더라고요. 처음 강하게 시작하고 그다음에 미션을 행하는 사람부터는 약하게 시작해서 다시 점점 강해지는, 파면 팔수록 강해지는 그런 전개. 그래서 가장 중요하게 생각하는 게 전개라고."

이종락과 이 실장은 무척이나 만족해하는 표정으로 서로를 봤다.

"탐나네. 이 부장님이 뽑은 친구예요?"

"사실 좀 이상하긴 했는데."

"왜요? 이거 자료 조사하고 분석한 거 보면 이거 며칠은 했겠는데."

"1차 면접 때도 자료 제일 많았어요."

"그래요?"

"그런데 그게 다 자기가 따라 할 수 있는 사람들이라고 그래서 그렇지."

"네?"

"나중에 한번 보세요. 그래도 분석이 정확해서 뽑긴 했는데 괜찮네요."

플레이스 이 실장은 아쉽다는 표정으로 자료를 놓지 못했다. 플레이스에도 이런 사람이 필요했다. 플레이스만이 아닐 것이다. 시나리오를 정확하게 분석하고 배우들에게 추천할 수 있는 사람이라면 배우들이 소속된 기획사들은 대부분 태진을 탐낼 것 같았다.

"신입이라……."
"탐내지 마요. 지금 완전 관찰당하고 계세요."
"네?"

고개를 돌려보니 자신을 살펴보고 있던 곽이정과 눈이 마주쳤다. 그러자 곽이정이 옅은 미소를 지으며 말했다.

"제가 저희 회사에 지원한 친구들 다 기억해요. 괜히 1차 면접부터 여기저기 찾아다닌 게 아니에요."
"음?"
"하하하, 농담입니다, 농담! 너무 그 친구만 보고 계시는 거 같아서 농담한 거예요."

기분을 언짢게 만드는 농담이었지만, 정곡을 찔리기도 했기에 마땅히 대꾸를 할 수가 없었다. 그때 이종락이 끼어들며 자칫 무거워질 수 있는 분위기를 원상태로 만들었다.

"그나저나 박승준이 누구지? 여기 보면 아우름 극단 소속이라고 하는데 이 실장님은 '아우름' 아세요?"

"저도 모르겠네요."

"궁금한데요? 신인이지만 충분히 관객의 몰입도를 끌어올릴 수 있는 배우라고 하는데."

"만약에 진짜면……."

그때, 갑자기 누군가와 통화를 하는 곽이정의 목소리가 들렸다.

"어우! 단장님! 오랜만입니다. 아이고! 제가 인사는 못 드렸지만 '해오름' 극단에서 하는 연극은 전부 다 챙겨 보고 있습니다. 혹시 '아우름'이라고 아세요? 대구에서 지금 '청소부'라는 연극 공개 중이라고 하던데. 아! 그래 주시면 저야 감사하죠. 기다리겠습니다!"

이종락은 멋쩍게 웃으며 옆에 있던 이 실장을 쳐다봤다. 곽이정이 대놓고 아는 연극단에 연락을 해 박승준의 정보를 얻으려 하는 걸 보면 이 실장에게 더 이상 탐내지 말라고 표현하는 것처럼 느껴졌다. 이 실장도 똑같이 느꼈는지 영 아쉽다는 표정이었다. 종락은 이 실장에게만 들릴 만큼 조용하게 물었다.

"그렇게 이 친구가 괜찮아 보여요?"

"그냥 우리도 이런 친구가 지원했으면 좋겠다는 거지, 뭐 이 친구를 데려가려고 그러는 건 아닙니다. 생각해 보면 곽 팀장님 말씀이 맞으니까요. 도움을 주러 와서 내 걸 챙겨 가는 건 좀 아니죠."

"역시 플레이스!"

"그래도 저렇게 대놓고 저러니까 아니꼽기는 하네요."

그때, 곽이정의 휴대폰이 울렸다. 바로 받아도 될 텐데 꼭 이 실장을 한 번 쳐다본 뒤 웃으며 통화 버튼을 눌렀다.

"아, 네. 그렇군요. 대구 위주로 활동을 하는 극단이군요. 아! 아닙니다. 제가 감사하죠. 조만간 찾아뵙고 연락드리겠습니다."

통화 내용을 들은 이 실장은 피식 웃어 버렸다. 딱 봐도 아무런 정보를 얻지 못했다. 좀 전보다 기분이 약간 좋아진 이 실장은 곽이정의 속을 일부러 건드려 보려는 듯 입을 열었다.

"어떻게, 제가 알아봐 드려요? 대구면 제가 아는 극단도 꽤 되는데."

"어휴, 괜찮습니다. 원래 계획대로 큰 그림을 볼 줄 아는 사람 뽑으려고 했으니까 일단 합격이죠."

"그래요? 아까 확인한다고 그러시길래요."

이종락은 두 사람을 번갈아 쳐다봤다. 알게 모르게 기 싸움을 벌이고 있었다. 이종락으로선 누굴 꼭 집어 응원하는 건 아니었다.

그저 서류로 두 사람을 저렇게 만들 수 있는 태진이 궁금했다. 그리고 지금 결과만 보면 둘의 싸움은 이 실장의 승리로 끝나는 듯했다. 그런데 곽 이정이 실실 웃고 있었다. 저렇게 웃는 걸 보면 이 실장보다 좋은 방법이 있다는 것이었다.

"당연히 해야죠."

"제가 도와 드리겠습니다."

"지금도 충분히 도움 주시고 계신데 괜찮습니다."

"그럼 어떻게 알아보시려고요? 오래 걸리실 텐데."

"직접 봐야죠. 아무래도 직접 보는 것만큼 정확한 게 없겠죠? 캐스팅을 눈으로만 하고, 또 누구한테 묻는 건 좀 그렇잖아요? 전해 들은 얘기라 과장될 수도 있고요. 그런 건 책임감이 좀 없어 보이는 거 같아서요."

자기가 먼저 전화로 알아볼 땐 언제고 순식간에 이 실장을 책임감 없는 사람으로 만들어 버렸다.

"아! 이 실장님이 책임감 없는 분이라는 건 아닙니다! 플레이스를 키우신 분인데 당연히 아니죠. 저는 그냥 제 눈으로 보고 싶어서 그런 거니까 오해하지 말아 주십쇼. 하하."

보고 있던 종락은 헛웃음을 뱉었다. 이 실장의 표정은 더이상 할 말이 없어 보였다. 대신 말리지 않으면 웃고 있는 곽이정의 얼굴에 침을 백 번 정도는 뱉을 것처럼 보였다. 종락은 앞에 놓아 둔 아무 서류나 집어 들고는 이 실장에게 내밀었다.

"이 실장님, 이 친구는 어때요?"

그러자 분위기를 알아차린 이 실장도 자신이 실수했다는 걸 깨달았다. 태진의 자료를 보자 탐은 났지만 실제로 영입을 하려던 건 아니었다.

말 그대로 그저 탐이 났을 뿐이었다. 하지만 얄미운 곽이정에게 사과를 하고 싶은 마음은 없었다. 그때, 곽이정의 목소리가 들렸다.

"내일모레 공연 예약 끝!"

그러자 MfB의 직원이 조심스럽게 물었다.

"진짜 가시게요?"
"가짜 가는 것도 있어요?"
"그럼… 저희 내일모레 인사과에 합격자 보고서 올려야 되는데… 이 친구는 어떻게 해야 할까요?"

곽이정은 순간 당황해했다. 그것도 잠시 이내 실실 웃으며 크게 말했다.

"합격! 면접 내용이 통찰력 위주였으니까 당연히 합격!"

제5장

—

하면 된다

　며칠 뒤, '청소부'를 관람하기 위해 대구까지 내려온 곽이정은 소극장에 들어선 순간 자신의 판단이 잘못됐을 수도 있다는 생각이 들었다.

　극장이 허름한 건 둘째 치고, 아무리 지방 공연이라고는 하나 관객이 너무 없었다. 곽이정은 손에 들린 태진의 자료를 쳐다봤다.

　'이런 공연은 어떻게 찾아서 본 거야. 아무리 봐도 영 아닐 거 같은데. 속은 거 아니야?'

　관객이 몇 명 없음에도 연극이 시작되었다. 자신이 배우는 아니었지만, 그동안 연예계 생활을 하면서 자신이 맡았던 배우들이나 봐 온 배우들이 수십, 수백 명이었기에 연기력을 누구보다 잘 판단할 수 있다는 자부심이 있었다. 그 때문에 MfB 캐스팅 에이전트부의 한 팀을 맡기까지 했다.

그런데 지금 보는 공연의 배우들의 연기는 아무리 봐도 아니었다. 극의 흐름부터 배우들의 연기까지 총제적 난국이었다. 그렇다 보니 태진의 서류가 의심이 됐다.

누구도 모를 배우를 그럴싸하게 포장했을 수도 있다는 생각이 들었다.

'이 실장 때문에 헛수고하네.'

아직 태진이 추천한 배우가 나오지 않았지만, 전체적인 분위기를 보면 안 봐도 될 것 같았다. 그저 속았다는 생각과 자신이 속은 걸 알면 좋아할 이 실장을 떠올리며 인상을 찡그렸다. 그때, 연극의 배경이 바뀌며 새로운 장이 시작되었다.

한 남자가 앉아 있었고, 어설픈 할머니 분장을 한 배우가 등장했다. 태진의 서류에 적혀 있던 내용이었기에 곽이정도 저 남자가 박승준이라는 걸 알았다.

그럼에도 큰 기대는 들지 않았지만, 다른 배우들이 나올 때보다는 관심은 갔다. 그때, 할머니를 쳐다보는 배우의 눈이 보였다. 그리고 박승준의 대사가 이어졌다.

"내가 당신처럼 쓰레기나 줍고 다니는 사람한테도 한심해 보이나?"

배우의 눈빛과 대사를 확인한 순간 곽이정은 뒤로 젖히고 있던 몸을 일으켜 앉았다. 지금까지 나온 배우들과 달랐다. 박승준은 정말 금방이라도 폭력을 휘두를 것처럼 보였다. 그래서인지 연극을 보며 처음으로 긴장까지 되었다.

잠시 뒤, 박승준이 나오는 부분이 끝이 났다. 짧아도 너무 짧았지만, 그 연기만큼은 너무나 인상적이었다. 태진의 서류에 나온 내용이 정확했다. 다른 배우의 연기를 볼 필요가 없었던 곽이정은 부시럭거리며 다시 서류를 봤다.

'음산한 분위기와 차가운 눈빛이라… 감정을 배역에 완전히 몰입해 관객으로 하여금 실제로 오해하게 만들 수 있을 만큼의 연기. 실제로도 이런 분위기를 갖고 있어서 가능했던 걸로 보인다?'

실제로도 극과 같은 분위기를 계속 유지하고 있다면 배역에 한계가 있는 배우였다. 하지만 지금 그런 건 문제가 되지 않았다. 태진의 말처럼 '미션'의 배달원에 최적화된 사람처럼 보였다.

미션이 진짜로 제작이 되고 박승준이 배달원을 맡는다면 관객들을 긴장시키고도 남을 것 같았다. 그리고 그 역할 하나로 박승준은 배우의 길을 걸을 수 있을 것 같았다.

곽이정은 인상을 찡그리며 서류를 쳐다봤다.

'이거, 난놈이네.'

누군가를 진심으로 칭찬해 본 적이 손에 꼽을 만큼이었건만 지금은 진심으로 칭찬이 나왔다. 새로운 인물을 찾기 위한 노력부터 제대로 볼 줄 아는 눈. 그리고 전체를 파악할 줄 아는 통찰력까지 갖추고 있었다.

이 정도면 자신이 캐스팅부의 총괄 책임자 자리에 앉는 데 도움이 될 것 같았다. 아직 회사 운영은 MfB 본사에서 나온 사람이 하고 있지만, 곽이정은 디 나아가 한국 MfB의 대표 자리까지 욕심내고 있었다. 그러다 보면 미국 MfB 본사의 중요한 자리로 갈 수도 있었다.

그 뒤로도 지루한 연극이 이어졌고, 한참이 지나서야 막을 내렸다. 막이 내리자 배우들이 몇 없는 관객들에게까지 인사를 건넸고, 사진 촬영을 해도 된다는 안내의 말이 들렸다. 그와 동시에 곽이정은 자리에서 일어나더니 무대 주변을 두리번거리며 살폈다. 그러고는 무대 밑에 서 있는 스태프를 보고는 그 사람에게 다가갔다.

"전 MfB의 캐스팅 에이전트부 곽이정 팀장입니다. 단장님 좀 뵙고 싶은데요."

*　　　　　*　　　　　*

'아우름' 단장과의 자리는 어렵지 않게 이뤄졌다. 일부러 MfB의 이름을 내세운 덕분에 외부에 있던 단장이 곧바로 극장으로 왔다. 단장은 자신의 극단의 실력을 객관적으로 보고 있는지 MfB에서 왜 자신을 보자고 했는지 이해하지 못했다.

사실 곽이정은 대구까지 내려올 필요도 없었고 더군다나 단장까지 만날 필요는 더더욱 없었다. 하지만 박승준을 보자 생각이 바뀌었다. 자신의 리스트에 넣어 두면 언제가 됐든 사용할 수 있는 카드가 될 것처럼 보였다. 그래서 단장과의 만남이 필요했다.

박승준이 필요한 순간이 언제가 될지 몰랐다. 당장 내일이 될 수도 있지만 끝까지 꺼낼 필요가 없는 카드가 될 수도 있었다. 그렇기에 박승준을 자신이 책임지고 데리고 있을 생각은 없었다. 그저 박승준이 소속된 단장에게 넌지시 언질을 하는 정도가 적당했다. 단장과의 친분도 쌓을 겸. 그런데 단장의 표정이 예상에서 벗어났다.

"박승준이요?"
"네, 연기가 좋더라고요."
"후……"

굉장히 난감해하는 표정이었다. 순간 플레이스의 이 실장이 떠올랐다.

"다른 곳하고 일하기로 했습니까?"

"그건 아니죠. 걔가 지금 어디 소속될 처지가 아니라서요."

"그럼 뭐죠?"

"아이고. 제가 예전에 극단 생활 할 때 알던 후배라서 지금 잠깐 자리를 준 것뿐이지 사실 저희 소속이라고 보기도 뭐합니다."

"어디 소속되는 걸 싫어하시나 보군요."

"그런 게 아니라… 사회에 나온 지 얼마 안 돼서요."

곽이정은 단장의 얼굴을 뚫어져라 쳐다봤다. 박승준이 나이가 어렸더라면 군대에서 전역한 지 얼마 안 됐다고 생각했을 수도 있었다.

그런데 박승준은 아니었다. 아무리 노안이라고 하더라도 군대를 몇 번은 다녀왔을 나이처럼 보였다. 그렇다면 답은 한 가지뿐이었다.

"전과자?"

"휴, 네. 그래서 그냥 용돈벌이나 하라고 작은 역할 하나 준 겁니다."

연예계만 보더라도 전과자가 상당히 많았다. 음주 운전, 탈세, 도박을 하기도 했고 마약에 손을 대기도 했다. 그 외에도 여러 가지 죄목으로 전과를 단 연예인들이 수두룩했다. 그중에는 아직까지 잘나가는 사람도 있었다.

연예인에 대해 냉철하기도 하지만 이런 걸 보면 관대하기도 한 게 대한민국이었다. 물론 용서가 안 되는 몇 가지 범죄도 있

었다. 그런 범죄를 저지른 게 아니라면 박승준을 리스트에 넣어
둘 생각이었다.

"어떤 일로 교도소까지 있다 왔어요?"
"이번에는 폭행이죠. 나이도 많은 놈이 미쳤다고 길 가다가 쳐
다봤다고 싸움질이나 하고. 그것도 살짝 치고받고 그러면 몰라
도 돈도 없으면서 턱뼈가 으스러질 때까지 사람을 팼대요. 어후,
미친놈. 그 미친놈을 데리고 있는 나도 미친놈이고."
"이번에는? 한 번이 아닌가요?"
"그렇죠. 폭행으로만 벌써 3번째예요. 미친놈."

단장의 말을 듣는 순간 박승준이 무대에서 했던 연기가 떠
올랐다. 그런 비슷한 일을 실제로 해 봤으니 잘하는 건 당연했
다.

"어우, 제가 이런 말씀 드리긴 그런데 그 자식이랑 연결돼서
좋을 거 하나도 없어요. 저도 보세요. 제가 계속 거절해도 끈질
기게 달라붙길래 안 되겠다 싶어서 남은 자리 하나밖에 없다고
그러면서 배역을 보여 줬거든요. 저희 연극 보셨나요?"
"봤습니다."
"일부러 지가 했던 일하고 비슷한 배역을 보여 줬어요. 보통
사람 같으면 피해자한테 미안해하거나 아니면 그때 잘못을 떠올
리면서 거절을 하는 게 사람이잖아요. 그런데 그 자식은 자기한
테 딱 맞는다고 그러면서 하더라니까요."

곽이정은 의자에 등을 기댔다. 실망한 표정은 아니었다. 오히려 재미있어하는 표정이었다. 그러자 단장이 의아해했다.

"그런데도 관심이 있으신가요……?"
"아니요. 다른 곳에서는 몰라도 연예계에서 활동하지는 못할 거 같네요."
"그렇죠."
"괜히 제가 쓸데없는 일로 시간을 뺏었네요."
"아! 아닙니다. 그런데 박승준 말고도 아우름에 좋은 배우들이 있는데."
"그분들도 이미 기억했습니다. 나중에 좋은 기회가 되면 그때 뵙는 걸로 하죠."

이미 필요한 게 없어진 이상 극장에 더 머물 필요가 없었다. 극장을 나온 곽이정은 손에 들고 있던 서류를 한 번 쳐다보고는 피식 웃었다.

'통찰력에서 합격을 했으니까 문제 될 것 같진 않은데… 그래도 진짜 범죄자를 추천했네.'

진짜 범죄자를 추천한 태진도 어이가 없었지만 그런 범죄자를 보며 혹했던 스스로도 웃겼다. 그래도 범죄자라는 걸 빼놓고 본다면 정확한 눈이었다. 다만 신입이라서 부족한 면이 있었던 것이었다.

"아직 나하고 경쟁할 정도는 아니지. 후후, 인성만 괜찮으면 데리고 있을 만하겠는데?"

헛걸음이 되어 버렸지만 곽이정의 표정은 상쾌해 보였다.

*      *      *

며칠 뒤 오후가 넘어가려는 무렵, 태진은 방에 틀어박혀 모니터만 보고 있었다. 평소라면 운동을 하고 있을 시간인데 오늘은 운동을 가도 집중이 안 될 것 같았다. 오늘이 바로 MfB의 2차 면접 합격자 발표 날이었다.

아직 발표 시간이 아니었음에도 태진은 계속해서 새로고침 버튼만 눌렀다. 그때, 방문 밖에서 동생들의 목소리가 들렸다.

"들어가지 마라."
"왜?"
"형 조용히 확인하게 내버려 둬. 귀찮게 하지 말고. 너, 할 거 없으면 공부나 해. 대학 간다며."
"정원 미달인 대학 갈 거니까 걱정하지 마."
"와, 공부하고 있다고는 절대 안 하네."
"이게 다 코로나 때문이야. 2학년이 얼마나 중요한지 알지? 코로나 때문에 2학년을 전부 통으로 날려 먹었잖아."

"그러니까 지금이라도 해야지. 너 공부하라고 학교에서 백신 맞혀 준 거 아니야."

"아니거든? 옮길까 봐 맞힌 거거든?"

"핑계 대지 마. 남들은 다 알아서 공부하더라."

"난 남들과 다르지."

이제는 막내 태은이 태민에게 한 치도 밀리지 않았다. 태진은 기분 좋은지 얼굴을 씰룩이며 말했다.

"들어와도 돼."

그와 동시에 문이 열리더니 태은이 침대에 점프를 해서 누웠다. 그러고는 방문 앞에 서 있던 태민을 쳐다보며 말했다.

"그것 봐. 작은형은 진짜 배려가 과해."

"형이 불편해할 수도 있어."

"이럴 때일수록 가족이 긴장을 풀어 주는 거야. 그리고 뭐, 떨어지면 어때. 남들 취업하는 거 보면 떨어지는 건 기본이더만!"

"넌 남들과 다르다며?"

"너무 달라도 안 되지. 어느 정도 비슷한 구석은 있어야지."

"내가 널 잘못 키웠다. 말 안 들으면 때려서라도 키웠어야 했는데 죽을까 봐 못 때렸더니 이상해졌어."

오랜 시간 태민이 태은을 돌본 건 사실이었기에 이번만큼은 태은도 말대꾸하지 않았다. 뭔가 말하고 싶은 얼굴이었지만, 꾹 참는 게 보였다. 태민은 그런 막내를 보고는 고개를 절레절레 저으며 방으로 들어왔다. 그러고는 태진의 옆에 쪼그려 앉았다.

"형, 하던 거 해. 방해 안 되게 할게."
"너 여기 이러고 앉아 있는데?"
"나 편해."

그때, 침대에 있던 태은은 한심하다는 말투로 말했다.

"자기가 더 불편하게 하면서."

태민은 고개를 천천히 돌려 태은을 쳐다봤다.

"취소. 자기 아니고 작은형, 됐지?"
"넌 조만간 맞을 거야. 그것도 세게."

그래도 태진의 말을 받아들인 태민은 침대로 자리를 옮겼다. 이제는 등 뒤에서 동생들의 시선이 느껴졌다. 괜찮을 줄 알고 들어오라고 했는데 막상 뒤에서 저러고 있으니 굉장히 부담스러웠다.

새로고침 할 때마다 소리라도 안 내면 모를까 태진이 새로고침을 누를 때마다 동생들이 한숨을 뱉었다.

"어……."

"어후, 오래 걸려서 발표 난 줄 알았네. 이래서 컴퓨터를 좋은 거 써야 돼."

응원하는 마음으로 하는 행동이기에 뭐라 하지도 못했다. 그저 동생들의 숨소리를 들으며 새로고침을 눌렀다. 그렇게 한참을 누를 때 화면에 합격자 발표로 이동되는 팝업창이 보였다. 그와 동시에 태진의 휴대폰에 메시지가 도착했다.

[안녕하세요. MfB입니다. 귀하께서는 MfB 캐스팅 에이전트부 신입 사원 모집에 2차 합격 되셨습니다. 축하드립니다. 아울러 3차 면접이 진행됨을 안내드리고자 합니다. 3차 면접에 관한 내용은 귀하의 메일로 발송하였습니다.]

언제 옆으로 와 있었는지 태진의 양쪽으로 머리가 튀어나왔다.

"형, 합격이래."

"와! 큰형! 내가 뭐랬어. 한 번에 붙을 거니까 적당히 하고 놀라고 그랬잖아. 그나저나 MfB도 성의 없네. 저거 저번에 보냈던 문자에서 몇 글자만 바꿔서 그대로 보냈네."

태진은 얼떨떨한지 눈을 껌뻑이며 휴대폰만 처다봤다.

그렇게 한참이나 휴대폰만 보던 태진은 고개를 들어 동생들을 봤다.

"나 합격 맞지?"
"맞다잖아. 홈페이지 봐 봐!"

홈페이지에 들어가 보니 정말 2차 실무 면접에 합격했다는 내용이 나왔다. 태진은 양쪽에 있는 동생들을 쳐다보며 재차 확인했다.

"진짜 나 합격이지?"
"확실해. 형, 고생했어."
"큰형! 그렇게 안 믿겨? 대구 가서 일주일이나 살다 왔는데 당연히 붙어야지."

태진은 입에 바람을 잔뜩 불어 넣고 천천히 뱉었다. 노력으로 얻은 성과를 직접 보게 되자 기분이 묘했다. 물론 지금까지 살면서 이것보다 더한 노력을 했던 적이 있었다. 바로 다시 걷기 위해서였다. 힘들어서 포기하고 싶을 정도로 노력을 했다.

기간이나 노력이나 뭐 하나 빠짐없이 지금과 비교할 수 없었지만, 당장 느끼는 기분은 달랐다. 그때는 바로 결과가 나오는 것이 아니라 하루하루 쌓아 가는 것이었는데 지금은 결과가 바로 보였다.

"하면 되는구나……."

합격 소감치고는 소박했지만, 동생들은 그 어떤 말보다 태진이 자랑스러웠다. 평생 누워 있을 것만 같았던 태진이 일어났고, 일어나서 사회에 첫걸음을 내딛기 위해서 한 노력이었다. 그리고 그 노력이 배신하지 않았다. 아직 완전한 합격은 아니었지만 이번 계기를 통해 태진은 뭐든지 해 보려 할 것이었다. 그것만으로도 충분히 감사했다.

태진은 뿌듯해하며 곧바로 휴대폰을 꺼내 들고는 먼저 어머니에게 전화를 걸었다.

—응, 태진아.
"손님 많아요?"
—그럭저럭 있지. 엄마 일하는데 어쩐 일로 전화를 했을까? 혹시… 엄마가 생각하는 거 맞아?

갑자기 어머니의 목소리가 상기되었다. 태진은 괜히 코를 한 번 훔치고는 말했다.

"저 합격했대요."
—아… 감사합니다. 감사합니다.

어머니는 몇 번이나 감사 인사를 되뇌고 나서야 태진에게 말했다.


―아빠한테는 연락해 드렸어?

"아직이요."

―아빠한테 먼저 해 드려. 지금 바로. 아빠가 계속 연락 왔
었어. 엄마도 그래서 기다리고 있었어. 엄마 끝나면 바로 갈
게.


부모님들이 좋아하는 모습을 보자 태진은 뿌듯함으로 가슴이
가득 찼다. 그때 막내 태은의 휴대폰이 울렸고, 태은은 형들에
게 휴대폰을 보여 주며 웃었다.


―태은아! 큰형 어떻게 됐어.

"아빠는 왜 나한테 전화해서 큰형을 물어봐. 큰형한테 전화해
야지."

―형 부담되잖아. 어떻게 됐어. 붙었어?

"기다려 봐."


태은은 직접 말하라는 듯 휴대폰을 건넸다.


"저 붙었어요."

―어휴. 그래! 그래! 그럴 줄 알았어. 알고 있었다고. 우리 아
들 2차 붙었대!

전화상 목소리만으로도 아버지가 얼마나 좋아하는지 느껴졌다. 아버지는 회사 동료들에게 한참이나 자랑을 했고, 태진은 기분이 좋은지 얼굴을 씰룩이며 아버지의 자랑이 끝나길 기다렸다. 잠시 뒤, 아버지가 신이 난 목소리로 말했다.

―오늘 일찍 퇴근할 테니까, 태진이 너 준비하고 있어.
"그냥 집에서 고기 구워 먹어요."
―에이, 그거 말고. 최종 면접 봐야 된다면서. 그러려면 정장 한 벌 뽑아야지. 첫인상이 얼마나 중요한데. 사람이 깔끔해 보여야 되는 거야.
"아……."

합격자 발표가 났을 뿐, 아직까지는 아무것도 할 수 있는 게 없었다. 여전히 가족의 도움을 받아야 했다.

―아무튼 아빠가 축하 선물로 사 줄 테니까 기다리고 있어.
"감사해요."

통화를 마친 태진은 고마움과 미안함이 교차되었다. 반드시 합격해야겠다는 생각이 더욱 굳건해졌다. 그때, 아버지가 했던 말이 떠올랐다. 태진은 갑자기 두리번거리며 방 안을 둘러보더니 이내 휴대폰을 집어 들었다. 그러고는 카메라를 켰다.

"기념사진이라도 남기게?"

"잠깐만."

마음에 안 드는지 태진은 휴대폰을 내려놓더니 곧바로 거실로 나가 화장실로 향했다. 그러고는 거울을 뚫어져라 쳐다봤다. 태진을 뒤따라 나온 동생들은 태진의 행동을 의아하게 쳐다봤다. 그때, 태진이 동생들을 향해 천천히 고개를 돌렸다.

"나 면접에서 잘할 수 있겠지?"
"그럼, 잘할 거야. 우리가 도와줄게."

태진은 고개를 끄덕이고는 다시 거울을 쳐다봤다. 그러고는 양손으로 입꼬리를 억지로 들어 올렸다.

"형 뭐 해?"
"웃는 게 이상하지? 웃을 수 없다고 말하면 괜찮겠지?"

동생들은 그제야 태진이 어떤 걱정을 하는지 이해했다.

\*             \*             \*

면접 당일. 짙은 감색 정장에 검은색 구두를 신은 태진이 면접을 기다리는 중이었다. 첫 번째 순서라고 알림을 받았다. 그래서 더욱 긴장이 되었다. 게다가 처음 입는 옷이 너무나 불편했고, 구두는 발까지 아팠다. 거기에 더해 깔끔하게 보이려고 아침에 미용실까지 들러 다듬은 머리는 스프레이로 고정을 해서 가발처럼 느껴졌다. 깔끔한 인상을 주려고 최대한 꾸미고 왔지만, 그 모든 것이 신경이 쓰였다.

태진은 고개를 돌려 다른 면접 참가자들을 쳐다봤다. 대부분의 사람들이 코로나 예방접종을 했음에도 불구하고 아직까지는 조심하기 위해서인지 3일에 나눠서 면접을 진행했다. 그래서인지 면접자들은 그렇게 많지 않았다.

지금 면접자들의 자리 배정도 약간 떨어져 있었다. 태진은 그들을 천천히 살폈다. 성비는 비슷했지만 나이대는 다양했다. 분명 신입 사원 모집인데 그들은 자신과 다르게 굉장히 차분해 보였다. 오직 자신만 긴장하고 있는 것처럼 느껴졌다.

태진은 숨을 크게 들이마시고는 긴장을 풀기 위해 자세를 따라 해 볼 생각으로 다시 면접자들을 살폈다. 그러자 다른 면접자들의 상태가 조금씩 보였다. 마치 규칙이라도 되는 듯 모든 참가자들이 똑같이 정자제로 앉아 있었다. 허리를 펴고 양팔을 자연스럽게 허벅지 쪽에 내린 자세. 그리고 손가락을 꼼지락거리거나 손바닥을 허벅지에 비비는 것도 보였다.

'나처럼 다 긴장하고 있구나.'

모두가 똑같이 긴장하고 있다는 걸 느끼자 마음이 약간은 편해졌다. 그때, 면접 시작을 알리는 MfB 직원의 말이 들렸다.

"면접 시작하겠습니다."

그 말과 동시에 참가자들의 표정에 긴장이 가득해졌고, 태진도 그들처럼 긴장한 채 면접실로 들어갔다. 그나마 다행인 건 개별 면접이 아니라 2인 면접으로 진행되었기에 약간의 의지가 되었다.

안으로 들어가자 면접관 자리에 있는 두 사람이 보였다. TV에서 면접 장면이 나올 때는 면접관들이 엄청나게 많았었는데 실제는 아니었다.

간단한 인사를 시작으로 면접이 진행되었다. 면접을 준비한 기간이 짧긴 했지만, 최선을 다해 준비했다. 다른 회사들의 면접 질문 리스트까지 찾아 가며 그에 맞는 대답까지 준비했다. 이제 질문을 받으면 그에 맞는 대답을 하면 됐다. 그때, 면접관의 입이 열렸다. 첫 번째 질문은 태진이 아닌 옆 사람이었다.


"캐나다 유학을 다녀왔네요?"

"네! 5년간 캐나다 빅토리아에 있었습니다."

"어휴, 목소리 울리네. 긴장하지 말고 동네 아저씨하고 대화하는 걸로 생각해요. 그럼 기간을 보면 성인 이전에 간 거니까 영어 공부 하러 간 거겠네요?"

"영어도 가능하고, 약간이지만 불어도 가능합니다. MfB의 특성상 해외 진출을 할 때 영어는 꼭 필요하다고 생각합니다."

"할 줄 알면 좋죠. 그런데 왜 유학까지 다녀와서 에이전트를 하려고 하는 걸까요? 부모님이 에이전트 하라고 유학을 보내신 건 아닐 거 같은데요?"

"타지 생활을 하며 느낀 외로움을 노래나 영화, 드라마 같은 것으로 달랬습니다. 그러다 보니 관심이 생겼고, 점점 동경을 하게 되었습니다."

틀에 박힌 듯한 대답이었지만, 대답을 듣던 태진은 더욱 긴장할 수밖에 없었다. 10년을 침대에 누워 있던 자신과 비교되는 대답이었다. 자신이 할 줄 아는 영어라고는 영화에 나오는 영어가 대부분이었다.

그래도 약간은 가능했지만 그 외의 다른 활동은 아무것도 없었다. 이번이 사회에 나온 첫발이었다. 그래서인지 자신에게 질문을 하려던 면접관들의 표정도 이상했다.

"한태진 씨는 음… 학교를 안 다녔네요? 홈스쿨링 했어요?"

"사고로 다쳐서 학교를 다닐 수 없었습니다."

"그런 건 안 적혀 있던데요? 음, 어디를 다쳤는데요? 지금 보면 몸이 나보다 더 좋아 보이는데?"

"척수 손상으로 하반신마비였습니다. 임상시험에 참가한 덕분에 건강을 회복했습니다. 기사도 나왔었습니다."

"음… 뭐, 그래요. 그런데 앞으로도 문제가 없는 건가요?"

"운동하고 정해진 기간에 검사를 받으면 괜찮습니다."

"그렇군요. 그런데 만약에 회사 일로 그 정해진 기간에 검사를 받지 못하면요? 아니, 건강이 악화되면요?"

자신의 약점일 수도 있다는 생각에 가장 많은 준비를 한 질문이었다. 면접관이 어떻게 받아들일지 알 수는 없었지만, 답이 정해진 질문이었기에 태진은 오히려 마음이 편했다.

"건강이 다시 악화되지 않도록 신경을 쓰겠습니다. 5년 동안 재활치료를 열심히 했고, 그만큼 힘들다는 걸 알기에 다시 악화되지 않도록 지금도 노력하고 있습니다."

"음, 그래요? 음……."

태진은 내색하지 않았지만, 무척이나 씁쓸했다. 문제가 될 거라는 걸 알고 있었음에도 현실을 맞이하자 가슴이 아팠다. 그때, 또 다른 면접관이 실실 웃으며 말했다.

"만약에 한태진 씨가 합격한다 가정하고 얘기해 보죠. 최종합격을 하면 채용 건강검진 받아야 됩니다. 그런데 한태진 씨는 그걸로 부족해 보여요. 사실 그게 전염성 바이러스가 있나 없나 위주거든요. 그래서 그런데 검진을 따로 받을 수 있어요? 우리가 검진비를 줄 순 없고."

"임상시험센터에서 관리받고 있어서 지금이라도 드릴 수 있습니다."

"그래요? 그럼 뭐 일단 합격부터 하면 받아 보죠."

어째서인지 지금 질문을 한 면접관은 자신만 쳐다보는 듯했다. 아니나 다를까 면접관은 태진에게만 질문을 했다.

"평소에도 영화나 드라마 자주 봐요?"

"네, 많이 봅니다."

"최근에 본 영화가 뭐예요."

"가장 최근에 본 영화는 복실이의 왈츠라는 독립영화입니다."

"음? 처음 듣는데? 그런 건 어디서 봤어요."

"IPTV에 독립영화관이 있어서 그걸로 봤습니다."

"다른 영화도 많은데 독립영화를 봤어요?"

"다른 영화들은 대부분 다 봤습니다."

"그걸 다요? IPTV 요금 한 달에 얼마나 나와요?"

"아, 대부분 무료 위주로 봅니다."

"푸하하하."

면접관은 태진의 대답이 뭐가 그렇게 재미있는지 소리까지 내서 웃었다.

"하하하. 진짜 웃기네. 대중들 돈 쓰게 만들 사람을 캐스팅하는 게 우리 일인데 정작 한태진 씨는 돈을 안 쓰네요?"

면접관의 웃음소리를 듣자 면접이 망했다는 걸 직감했다. 다른 면접관까지 웃고 있었다. 표정을 지을 수 있었다면 종잇장처럼 일그러져 있었을 것 같았다.

이럴 땐 표정을 지을 수 없는 게 감사했다. 그때, 웃고 있던 면접관이 또 질문을 했다.

"그럼 2차 실무 면접 때 추천했던 박승준은 어떻게 찾았어요? 아니, 그런 배우가 있는 건 어떻게 알았어요?"

이미 면접을 망쳤다고 생각하니 마음은 조금 편안해졌다.

"캐스팅 에이전트 부서에서 하는 일이 기존 연예인 캐스팅도 있지만 신인 발굴도 한다고 알고 있습니다. 그래서 저는 신인 발굴 쪽을 선택했습니다. 그다음 잘 알려지지 않은 연극을 선택했고 '미션'과 비슷한 장르를 찾아봤습니다."
"대구까지 내려가서?"
"네, 서울에서도 봤는데 못 찾아서 대구까지······."

말을 하던 태진은 갑자기 말을 멈추고 면접관을 쳐다봤다. 그러고는 목소리가 점점 줄어들며 대답을 마쳤다.

"찾아가서 봤습니다······."
"단역배우던데 그 사람을 추천할 정도였나요? 1분도 채 안 나오던데."
"보셨어요?"

누구도 보지 못했으리라고 생각했는데 마치 직접 본 것 같은 면접관의 질문에 도리어 질문을 해 버렸다. 곧바로 실수를 알아차렸지만 이미 입에서 나온 뒤였다. 그럼에도 면접관은 재미있다는 듯 웃고 있었다.

면접관은 어깨를 으쓱거리며 말했다.

"이쪽 일 하려면 그런 건 기본이죠. 질문의 답부터 듣고 싶은 데요?"

"죄송합니다. 굉장히 작은 역할임에도 박승준 씨의 연기는 극 전체 중 가장 뛰어났다고 생각합니다."

"그래요. 다른 배우들 연기가 너무 부족해서 그렇게 느낀 건 아닐까요?"

"아닙니다. '청소부'라는 연극을 총 9번을 봤는데 박승준 씨 의 악역 연기만큼은 배달원 역할에 가장 어울리는 느낌이었습니 다."

"그 재미없는 걸 9번이나 봤어요? 대단하네."

면접관은 잠시 놀랍다는 표정을 짓고는 이내 다시 미소를 지 었다. 칭찬인지 아닌지 헷갈리는 말에 태진은 그저 멀뚱히 쳐다 만 봤다.

그리고 이제 옆 사람에게 질문을 하겠다고 생각하고 있을 때, 또다시 자신을 향해 말했다.

"그리고 자기소개 보면 연예인들 특징을 분석했더군요. 그리 고 따라 할 수 있다고 그랬고? 어디 한번 봐 볼까요?"

태진은 질문이 자신에게만 향해 있음에 이상함을 느꼈다. 그러다 보니 혹시 마음에 든 건가 싶은 생각이 들며 기회가 될 수도 있다는 생각이 들었다. 그렇다면 제대로 보여 주는 게 나았기에 누구를 따라 해 볼까 떠올렸다. 그때, 면접관이 웃으며 대상을 지정해 버렸다.

"박승준 흉내 내 봐요."

완벽하게 따라 할 수 없는 사람이었다. 그렇다고 다른 사람 흉내 내겠다고 하기도 힘든 자리였다. 완벽하진 않더라도 어쩔 수 없이 박승준을 해야 했다. 그나마 최대한 비슷하게 하는 게 나을 거란 생각에 태진은 박승준을 떠올리며 천천히 입을 열었다.

"내가 당신처럼 쓰레기나 줍고 다니는 사람한테도 한심해 보이나?"
"오… 다시, 다시 해 봐요."
"내가 당신처럼 쓰레기나 줍고 다니는 사람한테도 한심해 보이나……?"
"허… 기가 막히네."

또 다른 면접관은 박승준을 모르는지 고개를 갸웃거렸다. 하지만 박승준을 알던 곽이정은 너무 놀랐다. 표정이 없다 뿐이지 너무 비슷했다. 서류에 적힌 사람들을 다 시켜 보고 싶었지만 정해진 시간이 있었기에 그럴 순 없었다.

'뭐, 앞으로 보면 되니까.'

곽이정은 박승준을 확인하면서 이미 태진을 점찍어 둔 상태였다. 태진이 인성만 제대로 갖추고 있다면 합격시킬 생각이었다. 이제 본론을 꺼내기 위해 태진을 보며 말했다.

"그런데 누구를 추천할 때 연기만 보는 게 맞다고 생각하나요?"
"연기가 가장 우선이라고 생각합니다."
"그 사람이 범죄자라도?"
"범죄자는… 아니라고 생각합니다."
"이유는요?"
"연기를 보기도 전에 거부감과 편견을 갖게 될 것 같습니다."
"그럼 한태진 씨는 박승준이 전과자라는 걸 몰랐던 건가요?"
"네……?"

박승준을 추천하면서 그 부분까지는 생각하지 못했다. 경험이 없기도 했거니와 배달원에 어울리는 박승준의 연기에만 꽂혀 시야가 좁아져 있었다.

'떨어졌구나.'

그때, 면접관의 말이 이어졌다.

"박승준은 사실 나도 몇 년 전에는 눈여겨보던 배우입니다. 하지만 전과자를 택할 순 없는 거 아닙니까? 예전이면 모를까 요즘 시대에는 인성은 기본이거든요. 아니면 원래 톱스타던 가."

"네……."

"다음에는 그런 부분은 유의하라고 알려 주는 겁니다. 사실 시나리오 분석이 아니었다면 최종 면접까지 오지 못했을 겁니 다."

태진은 진심으로 부끄러웠다. 스스로 완벽한 추천이었다고 생각하고 있었다. 그렇기에 최종 면접까지 붙었던 거라고 생각했는데 그것이 아니었다.

"그래도 뭐 신선하긴 했어요. 전과자라는 딱지를 떼고 추천하라고 하면 나도 박승준을 추천했을 겁니다."

면접관의 말은 침울하던 기분을 또 헷갈리게 만들었다. 도대체 칭찬을 하는 건지 아닌 건지 판단을 하기 어려웠다.

"그런데 이쪽 일은 왜 하려고요?"

태진은 천천히 지원했던 동기를 떠올리며 말했다.

"제가 잘할 수 있는 일이라고 생각했습니다……."

그 대답을 들은 곽이정은 재미있다는 표정으로 태진을 봤다.

'이 정도면 위축될 만도 한데 표정 하나 안 변하는데? 자신 있다는 건가?'

그렇다고 건방져 보이지도 않았다. 에이전시이다 보니 늘 사람을 대해야 했다. 그렇기에 가장 중요한 건 인성이라고 생각했다. 그리고 태진은 인성에서 별문제는 없어 보였다. 곽이정이 태진을 뚫어져라 쳐다보고 있자 다른 면접관이 조용히 물었다.

"곽 팀장님, 김기용 씨한테 질문 안 하세요?"
"팀장님이 하세요."

지원자가 어떤 스펙을 지녔든 별 관심이 없었다. 있으면 좋겠지만 없어도 무방했다. 그보다 제대로 알아보는 눈을 가진 사람이 더 필요했다. 그리고 태진의 표정만 놓고 보면 누구에게 휘둘리지 않을 것 같았다.

'좋네, 포커페이스.'

*          *          *

곽이정은 직원들이 퇴근했음에도 사무실에 자리했다. 직원들
만 퇴근을 했을 뿐 면접관을 맡은 팀장들은 자리를 지켰다. 곽
이정뿐만이 아니라 다른 팀장들도 마찬가지였고, 다들 피곤에
찌든 표정이었다. 하지만 곽이정은 하루 종일 면접관을 했음에
도 피곤한 기색은 없었다.

내일도 면접이 남아 있었기에 지원자들의 1, 2차 보고서를 살
피던 중이었다. 확실히 알아 둬야 알은척을 할 수 있었기에 중요
하다고 생각하는 부분은 메모까지 해 놓는 중이었다. 그렇게 한
참이나 보고서를 보고 나서야 기지개를 폈다. 그러고는 다른 팀
장들을 보며 말했다.

"휴, 다들 아직 멀으셨어요?"

다들 말할 힘도 없는지 손가락으로 모니터만 가리키는 것으
로 대답을 대신했다. 곽이정은 가볍게 웃었다.

대기업의 면접 기간에는 인사 담당자들이 며칠째 같은 옷을
입고 있다는 말을 듣고 말도 안 된다고 생각했는데 직접 겪어 보
니 사실일 수도 있을 것 같았다. 그때, 4팀의 팀장이 곽이정을
보며 말했다.

"팀장님은 벌써 다 보셨어요?"
"아니요. 아직이죠."

"그런데 곽이정 팀장님은 힘들지도 않으세요? 며칠째 준비하느라고 너무 힘든데."

"당연히 힘들죠. 우리 조금 힘내죠!"

"대단하시네요."

경쟁자들에게 약한 모습을 보일 필요는 없었다. 그렇다고 너무 잘난 척해서 적을 둘 필요도 없었다. 너무 티 내지 않으면서도 사람들이 알아볼 수 있게 적절히 조절을 해야 했다. 그렇기에 내일 면접자의 정보를 다 봤음에도 자리에 남아 있었다. 네개의 팀으로 이루어진 캐스팅부의 총괄 책임자 자리가 아직 공석이었기에 굳이 벌써 적을 만들 필요는 없었다.

이미 내일 면접자들의 자료를 다 살펴본 곽이정은 다른 팀장들을 한 번 훑어보고는 다시 모니터를 봤다. 모니터에는 오늘 봤던 면접자들의 자료가 있었고, 몇몇을 미리 추려 놓은 상태였다.

지원자들이 신입이다 보니 부족한 부분이 상당히 많았지만, 발전할 수 있는 사람들도 있었다. 그중 곽이정의 마음에 쏙 든 사람이 있었다.

'재밌단 말이야.'

그때 이후로 시간만 나면 같은 보고서만 보고 있었다. 바로 태진이 1차 서류 면접으로 보냈던 지원서였다. 연예인들의 특징도 있었고, 과거부터 현재까지 어떻게 변해 가는지에 대한 내용도 있었다.

만약에 캐스팅을 해야 되는 사람이 이 보고서 안에 있는 사람이라면 보고서의 내용을 토대로 자료를 만들어도 될 정도였다. 이미 확인까지 마쳤다. 보고서 안의 인물들 중 연이 닿아 있던 사람들이 있었고, 같은 소속사에 있던 사람들도 있었다. 곽이정은 그런 사람들에게 직접 연락을 했고, 안부로 시작해 보고서에 적힌 내용을 말했었다.

"최근에 '창밖의 세상' 괜찮더라. 전역하고 처음이었는데도 좋더라."

―제 모니터도 하세요?

"그럼. 이제는 발 연기라는 말 안 들어도 되겠던데?"

―에이, 그래도 발 연기라고 하는 놈들은 다 해요.

"그건 연기를 몰라서 하는 말이지. 너, 가수 하다가 처음에 배우 할 때 목소리가 좀 답답했거든? 힘을 줘서 그랬던 거 같은데 지금은 한층 가벼워졌다고 할까? 그래서 듣는 사람도 편해지고 너도 편해져서 연기가 자연스러워진 거 같더라."

―어? 어?

"왜 그래?"

―진짜 모니터하셨어요? 연기 선생님이 실장님하고 똑같은 말 하셨거든요. 힘 빼느라고 진짜 고생했어요. 와… 뭔가 감동인데요.

태진의 보고서 덕분에 인맥 관리까지 할 수 있었다. 자신을 제대로 봐 주는 모습에 전화를 건 모두가 굉장히 좋아했다. 같이 일하자면 바로 할 것 같은 느낌이 든 사람까지 있는 걸 보아 태진의 보고서는 확실히 정확했다.

'얘는 내 팀으로 꼭 들어와야 되겠는데.'

매니저부터 시작해 지금 자리까지 오면서 알게 된 사실은 연예인도 타고난 사람이 있듯이 그런 연예인을 알아보는 데 타고난 사람도 있었다. 그리고 그런 사람들은 대부분 대형 엔터테인먼트의 수장이거나 중요직을 맡고 있었다. 하지만 한태진은 이제 신입이다 보니 굳이 데려가기 위한 경쟁을 하지 않아도 되었다.

물론 미래에는 경쟁자가 될 수도 있지만, 지금의 자신과 벌어져 있는 차이를 생각하면 크게 문제 되지 않았다. 자신이 대표이사에 자리하게 될 때쯤 한 팀을 책임지는 팀장 정도 될 수 있을 것 같았다.

한태진과 자신 사이에는 그 정도로 차이가 있었다. 높은 곳에 빠르게 올라가기 위해서는 안전한 받침대가 필요한데, 태진은 엄청 튼튼한 사다리가 되어 줄 것 같았다.

'음… 우리 팀으로 꼭 데려와야겠어.'

팀 배정은 마음대로 할 수 없었다. 두 달간 네 개의 팀을 전부 경험한 뒤 팀장들의 논의로 이루어진다. 그리고 팀장들이 지

목한 인원이 겹치게 되면 당사자의 의견을 받아들이게 되어 있었다. 다들 수직적인 회사 생활만 하던 사람들이었기에 조금은 혼란스러웠다. 그저 높은 사람이 하라는 대로 하는 게 아니었다.

만약 두 달간 태진이 제대로 실력을 보여 준다면 다른 팀장들도 전부 욕심을 낼 것 같았다. 그러다 보니 약간 걱정이 되었다.

'음, 외국회사가 좋기도 하면서 이런 건 또 안 좋아.'

*　　　　　*　　　　　*

며칠 뒤, 모니터를 보고 있던 태진의 눈에 문득 날짜가 보였다. 3일간 진행된 MfB의 면접이 어제로 끝이 났다. 하루밖에 지나지 않았기에 시간이 더 지나야 결과가 나올 테지만, 태진은 어느 정도 결과를 예상하고 있었다.

'후, 영화 보면 단번에 잘 붙던데…….'

스크린 속 세계와 현실이 다르다는 걸 알고 있었지만, 내심 기대를 했었다. 하지만 막상 현실에 부딪혀 보니 자신이 주인공이 아니라 엑스트라일 수도 있다는 생각을 갖게 되었다. 그 정도로 면접을 못 봤다. 그렇게 생각하게 만든 가장 큰 이유는 박승준 때문이었다.

연기만 좋다고 다가 아니었다. 대중들 앞에서 서는 직업이다 보니 연기만이 아니라 다른 조건들도 확인해야 했다. 그리고 박승준은 가장 최악인 폭력 전과자였다. SNS가 발달하기 전이었다면 혹시 가능할 수도 있었겠지만, 지금은 약간의 잘못만 있어도 온 세상 사람들이 다 알게 되는 시대였다. 그런데 면접에서 그런 사람을 추천해 버렸다. 그렇다 보니 탈락했다고 생각하는 건 당연했다.

"다음에는 이런 실수 하지 말아야지."

아쉬웠지만 이미 지나간 일이었다. 만약 처음부터 MfB의 입사만을 목표로 준비했다면 실망이 컸겠지만, 태진은 그렇지 않았다. 그러니 경험을 했다고 생각하고 넘어갈 수 있었다. 다만 MfB와 같은 조건의 회사가 많지 않았다. 지금 모니터에 보이는 회사들 대부분에 지원서조차 보낼 수가 없었다.

대부분이 고등학교 졸업의 학력이 필요했다. 그건 매니지먼트들만이 아니었다. 거의 모든 회사들의 최소 지원 자격이었다.

"검정고시부터 봐야 되나."

학교라고는 초등학교를 다닌 게 전부였다. 초등학교를 다닐 때마저 공부를 열심히 한 것도 아니었다. 그러다 보니 막막했다. 이것만큼은 공부 잘하는 사람들을 따라 한다고 가능한 게 아니었다. 공부하는 자세나 따라 할까, 똑같은 지식이 들어올 리가 없었다.

"차라리 몸으로 하는 거면 가능했을 거 같기도 한데…
아……."

걸을 수 있게 된 지 얼마나 됐다고 그런 생각을 하는 스스로
가 웃겼던 태진은 아무도 없음에도 괜히 뒷머리를 긁었다. 그와
동시에 그런 생각이 스스로에게 힘이 되기도 했다.

'재활치료도 했는데 검정고시 정도야.'

태진은 곧바로 검정고시에 대해 알아보기 위해 보고 있던 인
터넷 창을 닫아 버렸다. 그때 갑자기 태진의 휴대폰이 울렸다.
전화가 올 곳은 임상시험 연구진들 아니면 부모님이 전부였는데
지금 걸려 온 번호는 처음 보는 번호였다.
광고 전화 역시 아니었기에 태진은 의아해하며 통화 버튼을
눌렀다.

"여보세요?"
—안녕하세요. MfB 캐스팅부입니다.
"네?"
—한태진 씨 본인 맞으시죠?

태진은 예상 밖의 전화에 순간 당황했다. 하지만 이내 정신을

차렸고 동시에 심장이 두근거리기 시작했다.

"네! 안녕하세요! 제가 한태진 맞아요."
—네, 축하드립니다. 지원하신 MfB 캐스팅 에이전트 부서에
합격하셨습니다.
"진짜요?"
—네, 정말이죠.

방금 전까지만 하더라도 탈락이라고 생각했는데 합격이라니
쉽게 믿어지지 않았다. 그렇다 보니 약간 이상한 점이 느껴지면
서 의심이 들었다.

인터넷으로 본 바로는 면접을 보고 결과가 나오기까지는 시
간이 걸린다고 했다. 그리고 보고 체계가 많은 대기업일수록
시간이 오래 걸린다고 했다. 그런데 MfB의 면접은 어제 끝났
다. 어제 끝나고 오늘 결과가 바로 나왔다는 말이 영 이상했
다.

사회생활을 안 해 본 자신을 속이려는 보이스 피싱인가 하는
생각도 들었지만 상대방 측에서는 달리 원하는 것이 없었다. 그
래서 태진은 몇 번이나 되묻고 있었다.

"정말인가요?"
—후, 맞다니까요. 맞아요. 한태진 씨 합격. 제 목소리 기억 못
하세요?

그제야 상대방의 목소리가 익숙하다는 걸 알았다. 면접을 봤던 면접관이었다.

"아! 안녕하세요."
—네, 안녕하세요. 인사는 좀 그만하죠. 합격도 맞고요.
"감사합니다! 감사합니다!"
—음, 보기와 다르네요. 그때 포커페이스는 연기를 한 건가? 음, 뭐 그 정도로 연기하는 거면 괜찮지.
"네?"
—아니에요. 아무튼 합격 맞고요. 정식 합격 통보는 며칠 뒤에나 갈 거예요.

꿈인지 생신지 분간이 안 갈 정도로 황홀한 기분이었는데 정식 통보라는 말에 다시 약간 불안해졌다. 그때, 면접관이 말이 이어졌다.

—입사하면 두 달은 여기저기 옮겨 다닐 거예요. 우리 캐스팅 부서가 네 팀이거든요. 하는 일은 대부분 비슷해요. 그리고 두 달이 지나면 정식으로 팀에 배정될 겁니다. 제가 그거 때문에 연락드렸어요.

왜 전화를 했는지 이유를 알 수 없었던 태진은 긴장한 채 듣고만 있었다.

―그럼 그때 한태진 씨는 1팀에 지원하면 됩니다.

　"네?"

　―1팀에 지원하라고요. 제가 1팀을 맡고 있거든요. 한태진 씨하고 같이 일해 보고 싶어서 제가 뽑았거든요. 그러니까 무조건 1팀에 지원하면 됩니다. 알았죠? 왜 대답이 없어요? 싫어요?

　"아니요. 그런 건 아닌데요. 아직 어떤 건지 몰라서요."

　―몰라도 돼요. 한태진 씨는 그냥 1팀에 지원하면 됩니다. 자기 진가를 알아봐 주는 사람하고 같이 일하는 것만큼 행복한 게 없죠. 전 한태진 씨의 진가를 봤습니다. 그래서 이렇게 먼저 연락을 하는 거고요. 아, 상관은 없는데 웬만하면 다른 사람들한테는 연락 왔다고 말하지 말고요.

　"가족한테도요?"

　―그건 괜찮고요. 나중에 입사해서 말하는 거예요. 아무튼 1팀 콜?

　태진은 자신의 어떤 면을 보고 입사도 하기 전에 연락을 한 건지 이해가 되지 않았다. 하지만 한편으로는 자신을 인정해 주는 것 같아 뿌듯한 마음이 들었다.

　―콜? 콜?

　"알겠습니다."

　―오케이! 말 바꾸면 안 돼요. 나하고 일하면 많이 배우고 좋을 거예요. 한태진 씨는 조금만 알려 주면 잘할 거 같으니까 나

하고 딱 맞을 겁니다.

스스로도 자신을 잘 모르는데 면접관은 자신보다 자신을 더 잘 아는 것같이 칭찬을 했다. 마치 어머니처럼. 그러고 보면 누구도 알지 못할 것 같던 박승준도 아는 사람이었다. 그런 사람에게 일을 배울 수 있게 되었다. 그리고 그런 사람이 자신을 필요로 하고 있었다.

—구두 약속도 약속인 거 알죠? 그럼 입사 전까지 마음껏 즐기고 그래요. 참, 건강검진 결과는 미리 준비해 놓고요.
"알겠습니다!"
—그럼 입사해서 봐요.

통화를 마친 태진은 그제야 숨을 크게 뱉었다. 무너진 인생이라고 생각했었는데 이제는 아니었다. 자신을 필요로 하는 사람까지 생겼다.
기분이 묘했다. 드라마나 영화에서 주인공들이 합격 전화를 받고 날뛰는 장면이 충분히 이해되었다.

"야호! 으라차!"

기억나는 장면을 따라 해 본 태진은 머쓱하게 웃었다. 혼자 환호하다 보니 느낌이 이상했기에 태진은 곧바로 휴대폰을 들었다. 이제 각자의 일로 밖에 나가 있는 가족들에게 합격 소식을 알릴 차례였다.

*     *     *

3주 뒤. 그동안 매일매일을 가족들의 축하와 파티로 보냈다. 처음 합격 소식을 들은 부모님은 곧바로 태진을 끌어안고 눈물을 흘렸다. 얼마나 많은 걱정을 했었는지가 느껴지는 눈물이었다. 물론 앞으로도 걱정은 되겠지만, 전처럼 자신들이 죽고 난 뒤 혼자 남을 아들에 대한 걱정은 가셨다. 당연히 그게 가장 큰 걱정이었기에 그 걱정이 가시자 집에는 부모님의 웃음소리가 가득했다.

그리고 동생들도 기뻐하는 건 당연했다. 하지만 태민은 태진을 걱정하는 것이 버릇이 되었는지 어젯밤까지도 옷을 다려 놓고 구두를 닦아 놓고 회사에서 어떻게 생활해야 하는지 조언까지 했다. 그래도 확실히 전과는 다르게 웃는 모습을 볼 수 있었다.

마지막으로 태은의 반응은 조금 달랐다. 연예인을 대면하는 직업이다 보니 누구보다 기뻐할 줄 알았는데 이상하게 걱정이 많았다. 자기가 추천한 직업이다 보니 자기도 알아본 모양이었다. 알려진 바로는 연예인 매니저가 굉장히 힘들다며 괜찮겠냐는 걱정을 했다.

매니저가 아니라 에이전트라고 몇 번이나 설명을 해 주고 나서야 조금은 풀렸다. 그래도 힘들면 당장 때려치우라고까지 했다.

태진은 그런 가족들의 응원을 받은 덕분에 첫 출근임에도 기대가 컸다. 물론 긴장도 됐지만, TV에서나 보던 회사 생활을 직접 겪어 볼 수 있다는 기쁨이 더 컸다. 딱 정해 놓은 직업은 없었지만, 회사 생활은 태진이 침대에서 꿈꿨던 작은 로망 중 하나였다.

MfB에 도착한 태진은 차에서 내리고는 목에 사원증을 건 뒤 걸음을 옮겼다. 코로나로 인해 신입 사원 OT를 생략한 대신 간단한 정보를 메일로 보내 주었다. 태진은 메일에서 봤던 캐스팅 부서의 위치를 떠올리며 엘리베이터에 올랐다.

5층에 도착해 캐스팅 에이전트 부서로 들어갔다. 그러자 너무 일찍 왔는지 자리에 앉아 있는 사람들은 보이지 않았고, 멀뚱멀뚱 서 있는 사람들만 보였다. 총 8명이었고, 남자는 둘뿐이었다. 다들 어색해하는 걸 봐서는 아마 자신처럼 이번에 입사한 사람들 같았다. 태진도 자신의 자리를 몰랐기에 그들처럼 멀뚱멀뚱 서 있었다.

그때, 한 사람이 종이를 팔랑거리며 사무실에 들어왔다.

"어? 새로 오신 분들?"
"네!"
"내가 늦은 게 아닌데. 일찍들 오셨네요. 어, 보자. 일단 다 따라오세요."

신입 사원들은 새끼 오리들처럼 직원을 졸졸 따라갔다.

"1팀부터 이지은 씨, 김창진 씨."

"네!"

"끝 자리에 앉아 계세요. 이따가 사수들 오면 할 거 알려 줄 거예요. 다른 분들은 또 가죠."

태진은 기웃거리며 1팀을 살폈다. 자신에게 전화를 걸어 1팀을 하겠다고 말하라던 사람이 있는 곳이었다. 나중에 일할 곳이라는 생각 때문인지 처음 보는 곳임에도 정겹게 느껴졌다.

1팀을 뒤로하고 직원을 따라갔다. 팀마다 다들 두 명씩 배정이 되었고 태진은 마지막 4팀에 배정되었다. 직원은 똑같은 안내를 하고는 자신의 팀인 2팀으로 돌아가 버렸다. 텅 빈 사무실에 신입사원 둘이 있자 굉장히 어색했다. 상대방도 어색한지 대화도 없이 휴대폰만 만지고 있었다. 그때, 마치 연예인처럼 화려하게 옷을 입은 사람이 들어왔다. 그러자 옆에 앉아 있던 신입 사원이 바로 자리에서 일어났다.

"안녕하세요. 이번에 입사하게 된 오수정입니다."

"오! 그쪽이 오수정 씨구나. 반가워요."

태진도 서둘러 자리에서 일어나 인사를 했다.

"안녕하세요. 이번에 입사한 한태진입니다."

"어, 반가워요. 통성명은 이따 다 오면 하기로 하고 지금은 앉아 있어요."

태진은 자리에 앉았다. 아마 표정을 지을 수 있었다면 입꼬리가 귀에 걸려 있었을 테지만 그럴 수 없었기에 속으로 웃었다. 인사를 했을 뿐인데 마치 드라마의 주인공이 된 기분이었다.

그 뒤로도 한 사람씩 출근을 했고, 그 사람들의 시선을 받는 사이 사무실의 모든 인원이 출근했다. 그러자 가장 먼저 출근했던 사람이 자리에서 일어났다.

"신입분들 간단한 소개부터 하고 일 시작하죠. 그냥 간단하게 자리에서 일어나서 이름 정도만 알려 줘요."

먼저 다른 신입 사원이 먼저 소개를 했다.

"안녕하세요. 오수정입니다. 꼭 들어오고 싶었던 MfB에 입사해서 영광입니다. 많이 부족하지만 선배님들의 가르침을 받아 꼭 필요한 사람으로 거듭나겠습니다. 많은 가르침 부탁드립니다."

박수를 받으며 오수정이 앉았고, 소개를 들은 태진은 순간 당황했다. 자신도 며칠 동안 인터넷을 뒤져 가며 인사를 준비했는데 그 인사와 너무 비슷했다. 아무래도 같은 사이트를 본 모양이었다. 그래도 따로 준비한 게 없었기에 어쩔 수 없이 그대로 소개해야 했다.

"다음."

"아, 안녕하세요. 한태진입니다. 꼭 오고 싶었던 MfB에 입사해서 영광입니다. 열심히 배워서 필요한 인재가 되겠습니다. 잘 부탁드립니다."

"어째 인사가 다들 똑같아."

표정으로 드러나진 않았지만, 굉장히 민망한 상태였다. 그런 태진에게 팀장이 웃으며 말했다.

"한태진 씨한테만 말한 게 아니에요. 여기 선배들도 다 똑같았어요. 그런데 한태진 씨는 조금 다른데요?"

"네?"

"이런 말 하면 다들 민망해하던데 한태진 씨는 표정 하나 안 변하네. 엄청 뻔뻔한데요?"

"아."

"농담이에요. 너무 그렇게 경직되어 있을 필요 없어요. 그나저나 선배들 소개는 천천히 부딪히면서 알아 가고 두 분은 영어 이름부터 정해 둬요. 혹시 사용하던 영어 이름 있어요?"

그런 게 있을 리가 없었다.

"우리가 수평적인 사내 문화 권장한다고 대리나 이런 직급 대신 이름으로 불러요. 그래서 우리 팀은 영어 이름을 사용합니다. 영어 이름 없으면 배우 이름 아무거나 써도 되고요. 오늘 까지 정해서 알려 줘요."

"전 있어요. 애쉬라고 불러 주세요."

"그래요? 오케이. 그리고 옷도 아이고, 두 분 다 그렇게 딱딱하게 입을 필요 없어요. 깔끔하게만 입고 다니면 됩니다."

그러고 보니 정장을 입은 사람은 신입 사원들뿐이었다. 태진은 재킷을 슬쩍 쓰다듬었다. 회사에 취직했다고 부모님이 정장을 몇 벌이나 사 주셨는데 또 다른 옷을 사 달라고 하기가 미안했다. 아무래도 첫 월급을 타기 전까지는 정장을 입고 다녀야 할 것 같았다.

"그럼 오수정 씨, 아니, 애쉬 사수는 브라운이 맡고 한태진 씨 사수는 수잔이 맡아요. 오케이, 이걸로 신입 인사는 끝. 그리고 나머지는 어제 이어서 진행하고 오후에 회의하죠."

소개가 끝나자 수잔이라고 불리는 여성이 태진에게 다가왔다.

"정신없죠?"

"아, 아닙니다."

"그렇게 딱딱하게 말 안 해도 돼요. 군대도 아니고. 남자들은 다 아닙니다! 그렇습니다! 그렇게 말한다니까."

태진에 대한 정보가 없었는지 군대를 다녀왔다고 오해했다. 게다가 표정이 없어서 긴장하고 있는 걸로 생각하고 있었다.

"이름부터 정해요. 생각해 놓은 거 있어요?"
"아직 없어요."
"최근에 재밌게 본 영화 있으면 그 배우 이름 써도 돼요."
"음, 아미르 바찬이요?"
"네? 무슨 영화를 본 거예요."
"피르 밀렁게라고 인도 영화인데……"

수잔은 어이가 없는 표정으로 태진을 보더니 이내 헛웃음을 뱉었다.

"이건 또 신선하네. 부르기 쉽게 쉬운 걸로 해요. 키도 크니까 톨 어때요. 어차피 정식으로 우리 팀으로 배정되면 그때 바꿔도 돼요. 참고로 3팀은 들어오는 순서대로 자축인묘진사오미신유술해 이딴 식으로 불러요. 지금 들어온 사람은 신이랑 유겠네. 그거보다 더 심한 건 2팀인데. 2팀은 1호, 2호 이렇게 불러요. 다 팀장이 정하는 건데 2팀장 1호님이 귀찮으셨나 봐요."
"1팀은요?"
"1팀은 자기 이름 끝 글자요. 아무튼 쉬운 걸로 해요. 아! 진짜 톨 어때요? 키도 크고, 부르기도 쉽고. 괜찮아요?"

1팀으로 가야 할 또 다른 이유가 생겼다. 이상하게 톨이 되어 버린 태진은 그 뒤로도 수잔에게 4팀에 대한 설명을 들어야 했다. 그때, 다른 신입 사원의 사수의 목소리가 들려왔다.

제6장

—

4팀으로

"진짜? 무슨 과 나왔는데?"

태진은 소리가 들리는 곳을 쳐다봤다. 그러자 브라운이라고 불리는 직원이 마치 뽐내는 듯한 표정으로 말을 하고 있었다.

"나도 동인대 나왔어요. 난 광고홍보학과. 애쉬는?"
"저는 국문학과 나왔어요."
"와, 좋다. 여기서 동문을 볼 줄이야. 요즘 엔터 사업에서도 학력이 필요하다니까. 국문학과 나왔으면 시나리오 같은 거 잘 고르겠네."

그러자 태진의 사수 수잔이 잠시 표정을 찡그리더니 태진에게 속삭였다.

"톨도 대학교 나왔어요?"

"아니요. 전 안 다녔어요."

"그렇죠? 대학교 안 나올 수도 있지. 저 새… 아니, 저 사람은 항상 학력 자랑하거든요. 지보다 급이 낮은 학교 나오면 그냥 뿜 내려고 그래요. 지보다 좋은 학교 나왔으면 막 살랑거리기나 하고. 아주 간신이거든요. 아마 톨한테도 물어볼 거예요. 그리고 약간 무시할 수도 있는데 그냥 원래 저런 새… 사람이라고 생각하고 넘겨요."

아니나 다를까 브라운과 눈이 마주쳤다. 그러자 브라운이 태진을 가리키며 말했다.

"그쪽도 대학교 나왔어요?"

"아니요. 전 대학교 안 나왔어요."

"음, 그래요. 그래도 동인대 알죠? 요즘 광고 회사로 유명한 C AD 거기 광고 기획자들이 전부 동인대 출신이잖아요."

"그건 모르겠는데 동인대 근처 살아서 동인대는 알고 있습니다."

"뭐, 쩝. 그래요."

태진은 브라운의 표정이 묘했다. 분명히 비웃는 시늉을 하고 있었지만, 말 그대로 시늉이었다. 실제로 비웃는다기보다는 자신을 호기심 있게 쳐다보는 것처럼 느껴졌다. 표정이 없다 보니 다른 사람의 표정을 많이 살핀 덕분에 어떤 표정을 하는지가 눈에 보였다. 다만 TV와 실제는 다를 수 있었기에 내색하진 않았다. 내색하고 싶어도 무표정 때문에 티도 안 날 테지만.

"그냥 한 귀로 듣고 한 귀로 흘려요. 괜히 자격지심 때문에 그래요."

"자격지심이요?"

"팀장님들 포함해서 대부분이 20대부터 매니저 하면서 현장에서 일하던 분들이거든요. 그래서 다른 팀원들보다 경험이 적으니까 괜히 무시당할까 봐 미리 자기 자랑 하려고 저러는 거예요. 그래도 인정은 꽤 빠른 편이니까 실력으로 보여 주면 돼요."

태진은 가볍게 고개를 끄덕거렸다. 어차피 1팀으로 가면 볼 일 없는 사람이었다.

*      *      *

며칠 뒤, 태진이 속한 4팀 전체가 바쁘게 움직이고 있었다. 태진도 사수가 시키는 것들을 하고는 있었지만, 지금 자신이 정확히 뭘 하고 있는지 몰랐다. 그저 필요한 서류를 찾아오고 연락하라는 곳에 연락을 해서 확인을 하는 게 전부였다.

가족들이 회사에서 어떤 일을 하는지 궁금해했지만, 자신도 지금 어떤 일을 하고 있는지 모르고 있었기에 설명하지도 못했다. 지금도 꿰다 놓은 보릿자루처럼 자리만 지키고 있었다. 그때, 임원 회의에 갔던 팀장이 들어왔다.

"다들 회의실로 모여! 빨리! 빨리!"

평소에는 여유로워 보이던 팀장이 굉장히 급해 보였다. 태진도 사수 수잔을 따라 회의실로 향했다. 회의실에 도착하자마자 팀장이 곧바로 입을 열었다.

"3팀하고 우리 4팀이 멀티박스 제작사 일을 맡게 됐습니다."
"멀티박스요? 이번에 새로 생긴 데요?"
"네, 원래 중국 오한사에서 투자해서 만든 제작사인데 ETV와 드라마 계약이 체결되었답니다."
"어? 드라마?"
"맞습니다. 월화 드라마로 올해 11월 방영 예정으로 제작될 겁니다. 우리가 그 섭외 대행을 맡았습니다. 3팀이 해외, 우리 팀은 우리나라 연기자를 맡을 겁니다. 전체 시나리오는 이미 받았고, 배우들에게 줄 시나리오 대본은 오늘 내로 도착할 거고."
"해외 배우도 섭외해요?"
"그렇죠. 사실 그거 때문에 우리한테 의뢰한 이유가 큽니다."
"혹시 텐트폴인가요?"

직원들이 열심히 말하고 있었지만, 태진은 도대체 어떤 말이 오가는 건지 이해가 되지 않았다. 그러자 사수인 수잔이 자신의 메모지를 가리켰다.

[텐트폴─ 대작. 모르면 검색해도 되니까 검색해요.]

태진은 가볍게 고개를 숙여 인사했다. 어차피 못 알아들을 바에는 검색을 하는 게 나을 거 같았기에 곧바로 휴대폰을 꺼냈다. 그러고는 탁자 밑에서 모르는 단어들을 검색했다.

'텐트폴이 제작사에서 힘줘서 제작하는 거구나.'

예로 나와 있는 드라마들은 회당 제작비가 10억은 가뿐히 넘는 드라마들이었다. 심지어는 총 제작비가 몇백억까지 하는 드라마들도 있었다. 그때, 옆에 있던 수잔이 질문을 던졌다.

"어떤 분 작품이에요?"
"김정연 작가님 작품입니다."
"오. 대박."

굉장히 유명한 드라마 작가였다. 방금 전 검색할 때 나와 있던 드라마들 중에도 김정연 작가의 작품이 다수 존재했다. 그리고 태진도 모두 봤던 드라마들이었다. 판타지를 섞은 현대물로 대중들에게 굉장히 인기 있는 작품들이었다.

"지금 정해진 건 감독뿐입니다. '하늘 아래서' 제작한 한재철

PD가 맡게 될 겁니다."

"와, 대박이네. 역시 중국 자본! 날고 기는 사람들 다 모아 놨네요. 그럼 저희는 몇 명 구해요?"

"조연 오디션은 멀티박스에서 진행할 거고요. 우리는 주연과 비중 있는 조연들 섭외합니다. 배역은 8개인데 주연 자리는 김정연 작가가 원하는 배우 목록으로 진행될 겁니다."

"아… 그럼 작가님이 원하는 배우는 꼭 섭외해야 되네요……."

"그렇겠죠. 그래도 이미 작가님과 얘기가 된 배우들도 있을 테니 어렵진 않을 거라 봅니다. 배우들 섭외가 된 뒤 작가님, 제작팀과 최종 미팅을 가지고 결정하게 될 겁니다."

그 뒤로도 설명이 계속되었고, 자꾸 듣다 보니 태진도 어떻게 돌아가는지 이해가 되었다. 그렇게 한참이나 이어진 회의를 마치고 밖으로 나왔다. 그러자 수잔이 웃으며 태진을 팔을 툭 건드렸다.

"커피 한잔하고 들어가요."

"그래도 돼요?"

"뭐 어때요. 우리 그렇게 안 딱딱해요."

수잔을 따라 휴게실로 향했다. 커피를 먹진 않지만 일단은 수잔을 따라 회사에 비치된 커피를 따른 뒤 의자에 앉자 수잔이 웃으며 말했다.

"정신없죠?"

"네, 잘 몰라서요."

"원래 다 그래요. 어리바리 안 하면 그게 신입인가? 아무튼 막일하니까 어때요."

"아직은 잘 모르겠어요. 그런데 원래 이런 일을 하는 거예요? 신인 발굴 같은 건 아니고요?"

"그것도 하죠. 여러 가지 일을 하는데 지금은 대행사 일을 맡게 된 거예요. 음, 쉽게 말하면 일거리 소개해 주는 회사? 일용직 하면 막 직업소개소 이런 데서 소개받고 가잖아요. 지금 일은 우리가 그런 거 한다고 보면 돼요."

"아!"

수잔의 친절한 설명 덕분에 쉽게 이해가 되었다. 드라마에서 나온 사수들은 전부 무시하거나 막말을 하는 사람이 대부분이었는데 수잔은 그렇지 않았다. 그런 친절한 사수를 만난 게 행운이라고 생각이 들었다.

"그나저나 이제 바쁘겠네. 톨, 운전할 줄 알죠?"

"네, 할 줄 알아요."

"차 있어요?"

"네, 있어요."

"그럼 회사 차 안 타고 가도 되겠다!"

"어디 가나요?"

"배우들 섭외하러 가야죠."

"저희가 직접 가나요?"

"가야죠. 어차피 시나리오 전달하러 가는 거긴 한데. 그래도 얼굴 보고 설명하고 그래야 성의가 있어 보이죠. 우리는 아마 톨이 신입이니까 조연 맡게 되려나?"

태진의 눈이 반짝거렸다. 하지만 티가 나지 않았는지 수잔이 갑자기 헛웃음을 뱉었다.

"안 신나요?"

"네?"

"여기는 아니지만 신입 때는 안 그랬는데. 아… 이러니까 꼭 '나 때는'거리는 꼰대 된 거 같네. 난 연예인 처음 본다고 했을 때 엄청 신났거든요. 막 두근대서 실수도 하고 그랬는데."

"신납니다."

"표정에 변화도 없고만! 에이, 재미없어. 에휴, 어떻게 보면 잘 됐네. 어차피 소속사 있으면 보지도 못하거든요. 아무튼 이제 가요. 가서 우리는 표 작성해야 되니까."

태진은 괜히 얼굴을 한 번 쓰다듬고는 걸음을 옮겼다. 사무실에 들어오자 다들 바쁘게 무언가를 읽고 있었다. 태블릿을 보거나 모니터를 보고 있었고, 어떤 사람은 종이를 보고 있었다.

"시나리오 보나 보네. 우리도 일단 시나리오부터 봐요. 4팀 팀 메일 보면 있을 거니까 그거 보면 돼요. 빨리 봐요! 우리 표 작성

해야 되니까."

"어떤 표를……."

"아! 어려운 거 아니고 정리 요약이라고 보면 돼요. 배역과 배우를 정리해 놓는 거예요. 보기 편하게. 내가 담당이라서!"

태진은 고개를 끄덕이고는 곧바로 메일을 열었다. 그러자 보안 철저라는 내용과 함께 시나리오가 있었다.

[신을 품은 별.]

이번에도 전작들처럼 판타지가 가미된 시나리오였다. 평행 세계를 관리하는 하급 신이 주인공이었다. 주인공의 실수로 인해 평행 세계가 뒤틀리며 일부 사람들이 평행 세계를 오갈 수 있는 능력을 갖게 된다. 실수를 범했기 때문에 상급 신에게 능력을 제한당한 주인공이 사람들의 능력을 회수하는 내용이었다.

김정연 작가의 작품답게 당연히 로맨스가 빠질 수 없었다. 신이 어쩌지 못하는 여주인공의 이름이 바로 '별'이었다. 시나리오 였기에 자세한 내용은 없었지만, 어느 정도 예상은 되었다. 별을 바탕으로 사건이 일어나고 아마도 별은 신이 능력을 회수할 수 없는 그런 인물일 것이었다. 시나리오를 전부 읽은 태진은 작가가 어떤 배우를 마음에 두고 있을지 궁금했다.

'주인공은 오정민? 현우혁?'

태진이 주인공을 상상할 때, 시나리오를 다 본 수잔이 태진을 불렀다.

"톰, 컴 온!"

수잔의 옆으로 간 태진은 또 아무것도 하는 일 없이 그저 지켜만 봤다. 수잔이 하는 일은 간단한 문서 작성이었다. 배역을 나누고 작가와 PD가 원하는 배우의 이름을 집어넣는 일이었다.

"주인공 역에 1순위 배진성이네! 배진성! 완전 잘생겼어. 보자! ETV 기준 7등급이면 출연료가 회당 8,000만 원 이상이네. 왜 7등급인지 안 궁금해요? 1부터 5등급까지는 아역이거든요. 그럼 두 번째로 높은 거!"
"아······."

자신의 생각과 완전 달랐다. 태진이 판단한 배진성의 연기는 그럭저럭이었다. 잘하지도 못하지도 않는 그런 배우였지만, 차가움과 따뜻함을 동시에 가진 독특한 느낌의 배우였다. 그런 분위기 때문에 많은 인기를 누리고 있었다. 물론 태진이 제대로 흉내 낼 수 있는 배우였다. 가만히 모니터를 보고 있던 태진은 배진성이 연기를 하면 어떨까 생각하며 시나리오에 있던 일부 대사를 떠올렸다.

주인공을 보좌하는 역할과 대화를 하는 씬으로 남남 케미를 보여 주는 장면이었다. 속으로 몇 번이나 배진성의 연기로 대사를 읽었다. 하지만 속으로만 해서인지 제대로 확인이 되지 않는 느낌이었다. 그래서 고개를 돌린 채 아주 조용히 흉내를 냈다.

"하아… 이거라도 좀 발라. 네가 늙어 보이니까 내가 버릇없어 보이는 거 아니야."

생각보다 느낌이 괜찮았다. 툴툴거리면서도 배려하는 느낌이 묻은 대사가 배진성과 잘 어울릴 것 같았다. 역시 괜히 스타 작가가 아니라는 생각이 들었다. 태진은 배진성을 납득하며 고개를 끄덕이고는 다시 모니터를 봤다. 그런데 모니터에 글이 적히다 만 채 움직이지 않았다. 태진은 의아해하며 수잔을 봤다. 그러자 수잔이 눈을 껌뻑거리고 있었다.

"지금 배진성 목소리 아니었어요?"
"네?"
"뭐야! 어떻게 했어! 뭐 있어요? 뭔데! 뭐 어플이에요?"

태진이 흉내를 냈다고 생각하지 못한 모양인지 수잔은 고개를 내밀며 태진의 뒤까지 살폈다.

"배역이 잘 맞나 제가 흉내를 내 본 건데."
"네? 톨이? 지금 톨이 한 거라고요?"

"네, 제가 따라 해 본 거예요."

"진짜? 그럼 또 해 봐요."


처음부터 흉내를 장점으로 지원서를 냈기에 숨길 생각은 없었다. 다만 가족이 아닌 다른 사람 앞에서 흉내를 내 본 적이 없었기에 약간 민망했다. 면접을 볼 때 곽이정 앞에서 해 본 적은 있지만, 그때는 목적이 있었기에 지금과는 달랐다. 태진은 민망함을 떨쳐 내려 헛기침을 하고 아까보다 큰 목소리로 배진성를 따라 했다.


"하아… 이거라도 좀 발라. 네가 늙어 보이니까 내가 버릇없어 보이는 거 아니야."


그와 동시에 주변 팀원들의 시선이 모두 태진에게 향했다.

다들 신기해하는 표정으로 태진을 쳐다봤고, 모두가 동시에 감탄사를 뱉었다.


"와……"

"쩐다. 진짜 톨이 한 거야? 어떻게 했어?"

"진짜 똑같은데요?"


태진은 사고 이후 이렇게 많은 사람들 앞에서 흉내를 내 본 적이 처음이라 굉장히 민망했지만, 한편으로는 어렸을 때 기억이 떠올라 느낌이 묘했다. 초등학생 시절에 친구들에게 보여 주던 그때로 돌아간 것 같았다. 그때, 태진의 정보를 알고 있던 팀장 스미스가 입을 열었다.

"진짜네? 성대모사 할 줄 안다고 그래서 솔직히 조금 이상하다고 생각했는데 이 정도면 자랑할 만하네. 와, 진짜 똑같은데?"
"맞다! 스미스는 배진성 알잖아요."
"알지. 그러니까 더 똑같은 거 같아. 대단하다."
"와, 그런데 톨 표정은 하나도 안 변하네. 당연하다는 듯이."
"하하. 그러고 보니까 흉내 가능한 사람이 엄청 많다고 그랬지."

팀원들은 일을 하다 말고 태진을 쳐다봤다.

"또 뭐 할 줄 알아요? 또 보여 줘요!"
"혹시 후도 돼요? 노래 한번 들려 줘요!"

일하다 말고 갑자기 태진에게 정신이 집중되자 팀장 스미스가 팀원들을 제지했다.

"일단 일부터 하고, 나중에 시간 있을 때 들어 보자고."

팀원들은 아쉬운 표정으로 다시 하고 있던 일을 했고, 태진은 괜히 어색해 헛기침을 뱉었다.

사실 속으로 누굴 흉내 낼까 고민하던 중이었다. 그때, 사수 수잔이 혼자 신이 난 표정으로 종이를 가리키며 속삭였다.

"나만 들어야지! 여기서 할 줄 아는 사람 또 있어요?"
"잠깐 볼게요. 음… 거의 다 가능해요."
"어? 이렇게 많이요? 진짜? 그럼! 이름 불러 줄 때 그 사람들 목소리로 대사 한번 쳐 줘요. 푸흐흐."

수잔은 참 밝은 에너지를 가진 사람이었다. 막내 태은과 비슷한 느낌에 태진은 얼굴을 씰룩거리며 대답했다. 그리고 다시 문서 작업이 시작되었다. 한 배역에 추천 배우가 몇 명씩 있었고, 태진은 그 사람들을 흉내 내었다.

"오정혁, 내가 알던 세상이 아니야……."
"와… 미쳤다. 톨 능력자였네? 배우 하지 왜 여기 들어왔어요? 지금이라도 배우 해요!"
"연기는 못해서요."
"오! 자신감! 외모는 자신 있다? 푸흐흐… 농담이에요, 농담! 사람이 농담하면 좀 받아 주고 그래야지!"

표정을 지을 수 없는 게 너무 불편했다. 지금이야 성격 좋은 수잔이 이해를 해 주고 있지만, 언젠가는 분명히 누군가에게 오해를 받을 것이었다. 그 생각에 약간 씁쓸해할 때, 수잔이 웃으며 말했다.

"이 사람도 해 봐요. 김별 역."

"여자는 안 돼요."

"하긴 여자까지 하면 진짜 이상했을 거 같아. 그럼 이 사람은요?"

수잔이 가리키는 배우를 본 태진이 고개를 갸웃거렸다. 지금까지는 김정연 작가가 추천한 배우들이 잘 어울렸는데 이번 배우는 아니었다.

"이정훈 씨요?"

"네, 이분도 돼요?"

이정훈은 오랜 연기 생활을 한 50대의 중년 배우로 굉장히 험악해 보이는 외모를 가지고 있었다. 그런 외모 때문인지 역할 대부분이 악역들이었고, 배역을 제대로 소화해 보는 사람으로 하여금 섬뜩함을 느끼게 할 정도였다.

연기를 너무 잘하다 보니 진짜 조직폭력배 출신이라는 루머가 돌 정도였다. 특히 액션 연기는 박진감이 넘쳤다. 그런 연기 때문에 태진도 따라 하지 못하는 배우 중 한 명이었다.

다만 그것도 옛이야기였다. 지금도 비슷한 배역을 담당하고 있지만, 전과 같은 느낌은 없었다.

"이분도 김정연 작가님이 추천하신 건가요?"

"네. 왜요?"

"어… 주인공 보좌하는 역이면 중요하죠?"

"그렇죠. 케미 보여줘야 되니까 중요하죠."

"그런데 이 역할 추천 배우는 이정훈 씨밖에 없네요."

"어, 그러게. 진짜 이정훈 씨뿐이네요? 그런데 이정훈 씨도 괜찮지 않아요? 난 잘 어울리는 거 같은데. 작가님 스타일 보면 개그도 있을 테니까 반전 매력도 보여 줄 거 같은데. 험악해 보이는 사람이 그런 역할하면 재미있잖아요. 그리고 무서운 장면이 필요하면 제대로 보여 줄 수도 있고."

수잔의 말도 맞았다. 하지만 이정훈의 연기는 날이 갈수록 퇴보하는 중이었다. 하지만 지금 태진은 아무것도 할 수 있는 게 없었다. 이제 입사한 신입이 작가에게 조언을 할 수는 없었다. 그때 수잔이 재촉했다.

"시간 없으니까 빨리 해 봐요. 이정훈 씨도 가능해요?"

"예전은 안 되는데 최근 연기는 가능해요."

"네? 무슨 차이가 있어요?"

"예전에는 실제로도 사람 죽여 봤을 것 같은 연기였는데 지금은 그때보다 힘이 좀 빠진 느낌이에요."

"사람 죽여… 뭘 그렇게 진지하게 말을 해요! 사람 무섭게! 아무튼 해 봐요."

"네, 7좌 역에 이정훈. 지금은 피부 관리하는 시간이니까 나중에 오세요."

"와, 이것도 똑같네. 잘하면서 일부러 기대 안 하게 하려고 그런 거였어요?"

수잔은 태진을 오해하며 웃었고, 그 뒤로도 흉내를 내 보라는 요구를 계속했다.

*          *          *

그 후로 며칠이 지나, 4팀은 김정연 작가의 이름값을 톡톡히 봤다. 시나리오를 보낸 기획사로부터 무조건 참여하겠다는 연락을 받았다. 배우들 또한 긍정적인 답변을 내놓으며 미팅을 잡았다. 이후에는 세부적인 일정을 알려 주고 스케줄까지 맞춘 뒤 계약을 하게 된다. 주연의 경우 조율이 필요하다 보니 많은 미팅이 필요했는데 이미 작가와 말이 오갔던 주연들은 스케줄까지 맞추겠다고 연락했다. 그러다 보니 어려운 일이 없었다. 다만 한 배우만이 답을 내놓지 않고 있었다.

바로 이정훈이었다. 처음 연락을 했을 때는 소속사에서도 환영을 했다. 하지만 본인이 거절을 했다. 물론 소속사에서도 설득을 했겠지만, 실패를 했는지 이윽고 소속사에서도 거절의 입장을 보내왔다. 같은 배역에 또 다른 추천 배우가 있었다면 모를까 김정연 작가가 원하는 7좌 역의 배우는 이정훈뿐이었다.

그렇기에 4팀은 포기할 수가 없어서 이정훈의 소속사와 계속 접촉을 했지만, 소속사에서는 자신들도 설득이 불가하다며 직접 설득을 해 보라고 했다. 그래서 팀원들이 전화를 걸었지만, 좀처럼 연락이 되지 않았다. 며칠 전부터는 소속사가 준 정보를 바탕으로 이정훈을 직접 찾아가 설득을 하는 중이었다.

그때, 이정훈을 만나러 갔던 브라운과 애쉬가 사무실로 돌아왔다. 그러자 팀장 스미스가 곤란하다는 표정으로 말했다.

"미팅도 못 했어요?"

"네, 벌써 3일째 찾아갔는데 대답도 안 합니다."

"만났다면서 왜 말을 못 했어요?"

"대답을 안 합니다. 그냥 죽어라 당구만 쳐요. 오늘도 당구장에서 6시간 있었어요."

"곤란하네. 작가님하고 미팅이 있어서 내가 가 볼 수도 없고."

"아니, 지가 무슨 대배우라도 되면 재고 있다고 생각하겠는데 기껏 조연이면서 대답도 안 해요. 요즘 누가 이렇게 조연을 찾아서 출연해 달라고 사정을 합니까. 세상이 변하는 것도 모르고."

"또! 쯧, 말조심해요. 그나저나 큰일이네. 이걸 어떻게 해야 된담. 일단은 우리도 계속 가면서 플레이스하고도 연락해서 같이 설득하는 방향으로 가는 거밖에 없죠."

"저희가 또 맡아요?"

스미스는 브라운을 물끄러미 쳐다본 뒤 입을 열었다.

"이정훈 씨한테 찾아가서도 그렇게 썩은 표정으로 있었던 건 아니죠?"

"아닙니다. 표정 관리 잘했습니다."

"어휴, 됐어요. 브라운은 소속사들하고 얘기 잘하니까 그거 맡고. 좀 길게 걸릴 거 같으니까 음, 키티하고 수잔이 돌아가면서 이정훈 씨 미팅 맡아요. 톨도 데려가고."

그러자 수잔이 환하게 웃더니 키티라고 불린 직원을 쳐다보며 말했다.

"키티, 내일 오후에 미팅 있죠? 내일은 우리가 갈게요."

"정말요? 고마워요. 어떻게 하나 걱정했는데!"

수잔은 환하게 웃고는 태진을 쳐다봤다.

"우리 외근 나가네요!"

"좋은 건가요?"

"에이, 가서 얘기 들어 달라고 사정해야 되는데 좋을 리가 없죠."

"굉장히 좋아하시는 거 같아서요."

수잔은 갑자기 앞쪽을 향해 고갯짓을 하더니 피식 웃었다.

"브라운이 고생했는데도 못 하던 거 우리가 해결하면 어떨 거 같아요? 저 재수 탱이 똥 씹은 표정 볼 생각하니까 좋아서 그

렁죠. 원래도 재수 없었는데 요즘 따라 더 재수 없어진 거 같아
요."

"아."

태진도 자신도 모르는 새 동의하는 마음이 들었는지 고개를
끄덕거렸다.

"그럼 우리는 내일 아침 회사에서 만나서 가요. 플레이스에
서 보낸 정보 보니까 아침에 일어나서 운동 갔다가 곧바로 당구
장 간다고 그랬거든요. 그러니까 우리는 헬스장부터 공략하자고
요."

"네."

"나 멋있죠?"

"네? 아, 네."

"옛날 선배들한테 이런 경우 있다고 말은 들었는데 사실 나도
이렇게 사정하는 건 처음이에요. 그러니까 내가 사수지만 조금
헤매도 이해해요. 알았죠?"

밝으면서도 솔직한 수잔의 말에 태진의 입꼬리가 살짝 올라갔
다.

"뭐야. 웃는 게 왜 이렇게 어색해. 웃은 거 맞아요?"

\*　　　　\*　　　　\*

다음 날 아침, 태진은 사무실에서 수잔을 만난 뒤 함께 주차장으로 내려왔다.

삐삐.

"이 차예요?"
"네, 좀 작죠?"
"에이, 뭐 어때요. 가요."

차에 탄 수잔은 곧바로 핸드 컨트롤러를 보며 입을 열었다.

"이게 뭐예요? 튜닝한 건가?"
"아. 핸드 컨트롤러라고 손으로 엑셀, 브레이크 조절하는 거예요."
"아! 도로 주행 할 때 옆에서 해 주는 거? 그런 거예요?"
"비슷해요."
"어? 혹시 톨, 운전 강사 이런 것도 하는 거예요? 직업 두 개예요?"

잠시 고민을 하던 태진은 결정을 한 듯 고개를 끄덕거렸다. 먼저 말할 생각은 없었지만, 숨기고 싶은 마음도 없었다. 게다가 솔직한 수잔이라면 지금의 모습을 봐줄 거라고 생각했다.

"제가 장애가 있거든요."

"네?"

"사고로 10년간 하반신마비였어요. 지금은 운 좋게 움직일 수 있고요. 아, 그리고 표정은 아직 제대로 지을 수가 없어요."

수잔은 아무런 말도 하지 않은 채 한참이나 태진을 살펴본 뒤에야 입을 열었다.

"기적?"

"기적이나 다름없죠."

"진짜예요? 진짜? 그 정도면 보통 휠체어 타고 다니는 거 아니에요?"

"저도 그랬는데 수술하고 재활치료 해서 지금은 괜찮아요."

"와, 신기하다. 아! 그래서 표정이 없는 거구나!"

"네… 혹시 오해하실까 봐 말씀드리는 거예요."

수잔은 신기하다는 표정으로 태진의 얼굴을 쳐다봤다. 그리고는 피식 웃으며 말했다.

"안 그래도 얼음덩이인가 싶었는데! 그럼 어떻게 웃어요? 아! 어제 입꼬리 살짝 올라간 게 웃은 거였어요?"

"네, 맞아요."

"어! 지금도! 오케이 접수! 웃는 거 알았어! 그런데 운전은 괜찮죠?"

"네. 아직까지 사고 난 적은 없어요."

"올! 어? 아까 보니까 번호판 앞자리가 3개던데? 그럼 산 지 얼마 되지도 않았잖아요! 뭐야! 초보잖아! 진짜 잘할 수 있죠?"

수잔의 밝음은 태진의 기분마저 좋게 만들었다. 안면마비까지 밝혔음에도 다르게 보지 않는 모습에 태진은 편안한 마음으로 차를 출발했다.

"헬스장부터 가는 거죠?"

"그래야죠. 보자. 집은 서래마을인데 헬스장은 강남이고 그리고 또 당구장은 인천이네요? 헬스장은 유명한 트레이너가 있으니까 강남으로 간다고 쳐요. 그런데 당구 치러 인천까지 가요? 당구도 트레이너 같은 게 있어서 배우러 가나? 내가 듣기로는 그냥 친구들끼리 치면서 짜장면 먹고 그러는 곳이랬는데."

이정훈의 생활 패턴은 정해져 있는 것에 비해 동선이 너무 길었다. 그래도 설득하기 위해서는 쫓아다니는 수밖에 없었다. 한참 이동 중일 때 수잔이 입이 심심했는지 컵 홀더를 가리키며 말했다.

"이거 껌이에요? 뭔데 이렇게 영어로 써 있대."

"아! 그거 드시면 안 돼요. 약이에요. 제가 두통이 심해서요."

"아."

오늘따라 두통이 심했기에 혹시 몰라 차에 비치해 놓은 두통 약이었다.

"안 아픈 곳이 없네요?"

태진은 속으로 웃으며 운전을 했고, 잠시 뒤 이정훈이 다니는 헬스장에 도착했다. 차에서 내린 수잔은 곧바로 소속사에서 받은 이정훈의 차가 있는지부터 확인했다.

"오케이! 저기 있다! 시작이 좋네요! 가요!"

하지만 좋은 시작은 거기까지가 전부였다. 헬스장에 들어가려고 했지만 입구부터 막혀 버렸다. 이정훈을 만나러 왔다는 말에 직원이 제지했다.

"헬스장 회원만 입장 가능합니다."
"등록하려고요."
"왜 그러세요. 방금 전에 회원분 만나러 오셨다고 그러셨잖아요. 나중에 밖에서 보시죠. 운동할 때 집중 안 하면 다칠 수 있거든요. 그러니까 다음에 오세요."

시작부터 막혀 버렸다. 회원이 중요한 헬스장의 입장도 충분히 이해되었다. 하지만 이런 일이 처음이다 보니 난감했다. 어떻게 해야 하나 판단이 서지 않았기에 태진은 수잔을 봤다. 그런데 수잔의 표정이 평소와 다르게 잔뜩 화가 나 있었다.

"화나셨어요?"
"났죠!"
"음, 헬스장은 회원제라서 그런 거 같은데요."
"헬스장에 화난 게 아니라! 브라운 그 자식 때문에요! 분명히 알고 있었을 텐데! 말을 안 해 준 거 잖아요. 같은 팀이면서! 두고 봐! 내가 기필코 오늘 계약 따 온다! 가요!"

태진은 입꼬리를 살짝 올리며 수잔을 쳐다봤다.

*          *          *

태진은 곧바로 인천 제물포의 한 당구장으로 향했다. 헬스클럽에 들어가 보지 못했기에 이정훈보다 먼저 당구장에 도착했다. 새로 지은 건물인지 굉장히 깔끔해 보였다. 그 깔끔한 외관 때문에 태진과 수잔은 건물에 들어가지 못하고 서로를 쳐다봤다.

"수잔은 당구장 가 보셨어요?"
"아니요. 이럴 줄 알았으면 포켓볼이라도 쳐 보는 건데! 그런데 톨은?"
"저도 처음인데 혹시 헬스장처럼 회원 끊고 그러는 건 아니겠죠?"

영화에서 나오는 당구장 대부분들이 허름해 보였는데 이곳은 너무 깨끗했다. 게다가 헬스장에서 이미 한 번 퇴짜를 맞은 데다가 이정훈이 이 먼 곳까지 괜히 올 리가 없다는 생각에 걱정이 되었다. 잠시 고민을 하던 태진이 고개를 끄덕일 때 수잔이 입을 열었다.

"여기서 기다릴까요?"
"아니요. 올라가 보죠."
"어? 의외로 대담하네?"

태진도 약간 걱정은 됐지만 지금까지 겪으면서 깨달은 것은 해 보지 않으면 결과도 나오지 않는다는 것이었다. 어떤 일이 생기고 얼마나 힘들지는 알 수 없지만 일단은 시작을 해야 했다. 태진도 시작을 한 덕분에 다시 걸을 수 있게 되었다. 태진은 입꼬리를 올리며 걸음을 옮겼다.

"지금 웃었어요? 아닌가?"
"맞아요."
"아, 생각보다 알아차리는 게 어렵구나! 이제부터는 소리 내서 웃어요! 알았죠? 기왕 웃을 거면 배성진 목소리로 웃어요."

피식 웃는 사이 당구장에 도착했다. 당구장 문을 열고 들어가자 넓은 실내가 보였다. 건물 외관처럼 실내도 굉장히 깔끔해 보였고, 뻥 뚫려 있다 보니 아주 넓게 느껴졌다. 그때, 당구장 주인의 인사가 들렸다.

"어서 오세요. 어떤 거 드릴까요?"

당구장이 처음이다 보니 뭐가 있는지 알 리가 없었다. 수잔도 어떻게 대답해야 될지 몰랐는지 대답을 못 했다. 그러자 당구장 주인이 이상하게 쳐다봤다. 태진은 또 퇴짜를 맞을까 봐 서둘러 입을 열었다.

"사실 이정훈 씨를 만나려고 왔습니다."
"정훈이 형님이요? 아시는 분이에요? 아! 혹시 어제도 왔던 그 사람들하고 같은 곳에서 왔어요?"
"네? 아, 네, 맞아요."
"어휴, 참. 그냥 나가세요."

이대로라면 또 퇴짜를 당하게 생겼다. 태진은 서둘러 입을 열었다.

"일단은 당구 좀 치려고요."
"아이고, 됐습니다. 어제 그 사람들도 공만 갖다 놓고 치지도 않고 앉아 있었어요. 보아하니 오늘도 별다를 거 없을 거 같고요."
"아니요. 치려고요."

"그럼 뭐로 드려요."

"그 TV에서 대회 같은 거 할 때 하는 걸로 주세요."

TV 채널을 돌리다 당구 치는 장면을 본적은 있었기에 한 말이었다. 그런데 당구장 주인의 표정이 더 의아해하는 표정으로 변했다. 그것도 잠시 태진과 수잔을 보며 안타깝다는 표정을 짓고는 테이블로 안내했다. 당구장 주인은 공을 당구대에 올려 두고는 입을 열었다.

"배역 같은 거 맡기려고 그러는 거죠?"

"네, 맞아요."

"내가 뭐 해 줄 수 있는 말은 없는데 잘 좀 해 봐요."

무슨 뜻인지 알 순 없었지만, 뭔가 도움을 주려는 느낌이었다. 하지만 당구장 주인은 그 말을 끝으로 자리로 돌아가 버렸다. 그러자 수잔이 곧바로 태진을 보며 말했다.

"어? 뭔가 이상하죠? 잘 좀 해 보라는 거 보면 약간 흔들리고 있는 거 아닐까요?"

"저도 그런 거 같아요."

"오! 희망이 보인다! 그나저나 브라운 그놈은 뭘 한 거야."

수잔은 계속해서 브라운에 대한 험담을 했고, 태진은 당구장을 이리저리 살펴보았다. 그러고는 영화나 드라마에서 본 대로 큐대를 집어 들었다. 그동안 해 보지 못했던 것이기에 궁금하기도 했고, TV에서 보던 것들을 실제로 해 볼 수 있다는 생각에 약간 설레기도 했다.

"치려고요?"

"네. 브라운 씨도……."

"브라운! 씨 안 붙이려고 영어 이름 쓰는데 왜 씨를 붙여요. 붙일 거면 차라리 발도 붙여요. 아! 농담!"

"네? 아… 아까 사장님이 안 치고 앉아 있었다고 그래서요. 그래도 좀 치는 시늉은 해야 될 거 같아서요."

"어떻게 하는 건지 알아요?"

"잘은 모르겠는데 큐대로 공을 쳐서 공끼리 맞히는 거 같더라고요. 일단 한번 해 보려고요."

"가만 보면 톨은 망설임이 없는 거 같아요."

"제가요?"

"새로운 거에 대한 두려움 같은 게 없다고 해야 되나? 그런 거 같아요."

태진은 멋쩍게 웃고는 TV에서 본 대로 큐대를 잡았다. 하지만 따라 해 본 적은 없었기에 시늉만 낼 뿐 어떻게 잡는지조차 알지 못했다.

틱.

"뭐야. 공이 하늘하늘 가는데요? 그렇게 하는 거 맞아요?"

당구가 처음이지만 잘못 쳤다는 걸 알 수 있었다. 당구장에 손님이라도 있었으면 보고 따라 할 텐데 당구장에 손님은 태진과 수잔뿐이었다. 태진이 이리저리 둘러볼 때 벽에 걸린 사진 하나가 눈에 들어왔고, 그 옆에 걸린 수많은 수상 이력이 보였다.

프로 최석달.
2017 대한 당구 연맹 회장배 전국 당구 대회 우승.
2019 인천시장배 전국 당구 대회 우승.
2020 세계 3쿠션 당구 선수권 대회 4강.

"아… 유명한 사람이었구나."
"뭐가요?"
"저 사진이요. 저기 사장님 같은데 프로인가 봐요."
"어? 진짜네."
"이정훈 씨가 그래서 여기로 배우러 오나 보네요."

태진은 잠시 사진을 뚫어져라 쳐다봤다. 그러고는 곧바로 휴대폰을 꺼내 들고는 Y튜브를 켰다.

"뭐 해요?"
"잠시만요."

Y튜브에 최석달을 검색하자 엄청나게 많은 영상이 나왔다. 그 중 가장 조회수가 높은 영상을 클릭했다. 2020년 세계대회 때의 경기 중 하나였다.

"뭘 봐요? 우리 안 치니까 저 사장님 한숨 쉬는데."
"어떻게 하는지 보려고요. 그동안 수잔이 좀 치고 있어 봐요."
"내가요? 에이, 몰라! 막 쳐도 되겠죠?"

수잔은 곧바로 큐대를 잡고 공을 치기 시작했다. 방금 전 태진이 쳤을 때와 똑같은 소리가 계속해서 들렸지만 태진은 아랑 곳하지 않고 영상을 쳐다봤다.

'와, 대단한 분이었구나.'

혹시 따라 할 수 있을까 싶어 영상을 봤지만, 프로라서 그런 지 흉내를 낼 수 있을 것 같지 않았다. 그저 평범한 당구장 사 장님인 줄 알았는데 아니었다. 이런 사람들은 대부분 그 분야 에서 정점을 찍은 사람들이었기에 태진은 혀까지 내밀며 놀라워했다.

'일반인들을 봐야겠네.'

아무래도 일반인들을 보면 어느 정도 흉내를 낼 수 있을 거라고 생각하고 다시 검색을 하려 할 때, 최석달의 몰락이라는 제목의 영상이 보였다. 최근에 올라온 영상이었다. 그 영상을 클릭해서 들어갔다.

몇 달 전 열린 국내 대회의 경기였고, 신인과의 경기였다. 룰을 모르기에 경기가 어떻게 돌아가는지 알지 못했지만 최석달의 표정만 봐도 졌다는 걸 알 수 있었다. 그런데 이번 영상의 최석달의 폼은 앞서 봤던 영상과는 달랐다. 이번에는 흉내를 낼 수 있을 것 같았다.

태진은 영상을 돌려보며 최석달을 관찰했다. 그중 득점이라고 나온 장면을 유심히 살피며 앉은 채로 손으로 흉내를 내 보았다. 그렇게 한참의 시간이 지났을 때, 수잔이 옆으로 다가왔다.

"룰을 외워요?"
"아! 아니에요."

휴대폰을 내려놓은 태진은 옆에 놓아 둔 큐대를 들고 당구대로 갔다. 그러고는 그동안 한 번도 하지 않은 초크질까지 하고는 자세를 잡았다.

"어? 아까하고 다르게 지금은 좀 그럴듯해 보이는데요?"
"괜찮아 보여요?"
"오! 그렇게 하는 거예요? 손가락 이렇게?"
"네, 엄지와 검지를 동그랗게 말아서 큐대를 끼고 나머지 세

손가락은 받침 역할을 하는 거 같아요. 그리고 자세를 좀 낮추고 오른팔은 팔꿈치까지는 고정하고 스냅으로 이렇게."

탕.

공이 당구대 위를 이리저리 굴러다녔다.

"오! 간다!"

일을 하러 왔다는 걸 잊었는지 수잔은 엄청 신나 했고, 태진 역시 새로운 것을 해 보는 것에 대한 재미를 느꼈다. 영상을 보며 알게 된 룰도 수잔에게 설명한 뒤 다시 영상 속 최석달을 흉내 내었다.

"잠깐만요. 공을 이렇게 두고 여기서 이렇게 치면 쿠션에 세 번 맞고 하얀 공 맞더라고요."

평소보다 흉내가 쉽게 되는 날이 있었는데 오늘이 바로 그날이었다. 생각보다 따라 하는 게 수월했다. 하지만 자세를 흉내 낸다고 공이 그대로 갈 리가 없었다. 태진은 다시 큐대를 내려놓고 영상에서 해설들이 하는 말까지 귀 기울였다. 자세만 흉내 낸다고 되는 것이 아니었다. 어느 부위를 어떤 힘으로 치느냐에 따라 움직임이 달랐다. 휴대폰을 내려놓은 태진은 다시 당구대로 향했고, 다시 쳐 보기 시작했다.

처음이다 보니 될 리가 없었지만 태진은 포기하지 않았다. 포기란 단어를 모르는 사람처럼 계속해서 같은 공을 치려 했다. 그때, 당구장 주인이 한숨을 뱉으며 다가왔다. 태진은 혹시 흉내를 낸 걸 알고 불쾌해하는 건 아닐까 걱정된 마음으로 당구장 주인을 쳐다봤다. 그때, 당구장 주인이 입을 열었다.

"누르고 쳐요! 거참, 아무 말 안 하니까 계속 공짜 당구 치고 있네."

"네?"

"저기 포인트 누르라고요. 연습 시간 충분히 줬으니까 누르고 쳐요. 그래야지 시간 올라가지."

"아! 네!"

지금까지 공짜로 치고 있었다는 사실에 무척이나 민망했다. 태진이 서둘러 포인트를 누르자 당구장 주인이 고개를 끄덕거렸다. 그리고 갈 줄 알았는데 갑자기 걸음을 멈추고 태진을 봤다.

"그런데 진짜 당구장 처음이에요?"

"네. 처음 와 봤어요."

"이상하네. 아까 처음 칠 때는 분명히 생초보였는데 지금은 자세가 제법 잡혔잖아요. 그래서 Y튜브에서 보는 몰카인가 해서 가만히 봤는데 그건 아닌 거 같단 말이죠."

최석달은 신기해하며 태진을 쳐다봤다. 그러고는 벽에 걸린 사진을 가리키며 말했다.

"한번 쳐 봐요. 이래 봬도 내가 프로거든요."

태진은 약간 민망했지만 최석달이 시키는 대로 큐대를 잡았다. 그러고는 영상에서 본 그대로 큐를 밀었다. 3쿠션 룰대로 공이 굴러 쿠션을 세 번 맞혔지만 마지막 공은 맞지 않았다. 그런데 최석달은 굉장히 놀라고 있었다.

"진짜 처음이라고? 횡단 샷을 치는데 이게 처음이라고요? 말도 안 돼. 진짜로 몇 점 쳐요."
"진짜 처음인데요."
"무슨 구라를. 초보가 여기 이렇게 길이 있는 걸 어떻게 알아요. 대부분 돌리고 말지."
"영상으로 보니까 이렇게 치더라고요."

최석달은 더 어이가 없다는 표정으로 태진을 봤다.

"무슨 영상인데요?"

태진은 순간 멈칫했다. 최석달의 영상을 봤다고 말할 순 있었지만, 제목이 최석달의 몰락이었다. 그때, 수잔이 왜인지 잔뜩 상기된 표정으로 빨리 보여 주라는 듯이 태진을 쿡 찔렀다.

"저, 이건데요."

"어? 이거 내 경기잖아. 이런 씨부랄. 제목이 염병! 이런 걸 왜 봐요? 좋은 경기 많은데!"

"그냥 보다 보니까 이걸 보게 됐네요."

"아오. 일단 신고부터 하고. 후우, 아무튼 뭔지 보죠."

최석달은 화가 잔뜩 난 표정으로 영상을 봤다. 그러고는 다시 태진에게 공을 쳐 보라고 시켰다.

"다시 쳐 봐요."

태진은 봤던 대로 힘 조절과 당점까지 조절하며 최선을 다해 공을 쳤다. 하지만 이번에도 마지막 공이 맞지 않았다. 그러자 화가 나 있던 최석달의 표정이 어이가 없다는 표정으로 변했다.

"헐, 미쳤네. 영상으로 보고 이게 된다고?"

"안 맞았는데요?"

"이런 거 보면 진짜 초보 같고. 다이가 달라요."

"다이요?"

"당구대! 지금 여기는 중대고 대회는 대대고. 이리 와 봐요. 저기 대회용 대대에서 쳐 보게. 그럼 이대로 들어갈 거니까."

당구대도 차이가 있는지 알지 못했다. 당구 룰도 이제 배웠는데 그런 걸 알 리가 없었다. 태진은 혹시 최석달이 자신의 폼을 흉내 내는 걸 알아차릴까 봐 약간 걱정되었다.

"그냥 여기서 할게요."
"이리 와 보라니까요."
"진짜 여기서 해도 괜찮은데요."

최석달은 태진을 위아래로 훑어보더니 갑자기 씨익 웃었다.

"저기서 치면 정훈 형님하고 얘기하기 편할 텐데요? 정훈 형님 옆 다이에서 치게 해 줄게요."
"아! 알겠습니다."

태진은 서둘러 짐을 챙겼고, 그걸 지켜보던 수잔이 태진의 등을 두드렸다. 그러고는 엄청 환하게 웃더니 치켜세운 엄지를 내밀었다.

제7장

—

연기는 당구처럼 I

　본의 아니게 당구 교습을 받게 되었지만, 태진은 색다른 경험이 즐거웠다. 어떻게 치느냐에 따라 공이 다르게 굴러갔다. 어쩔 때는 휘기도 하고, 어쩔 때는 다시 돌아오기도 하고. 치는 방법에 따라 다르게 움직였지만, 그렇게 움직이도록 조절하는 건 자신이었다. 태진은 몰두해서 공을 쳤고, 그때마다 최석달은 감탄사를 뱉었다.

　"와, 진짜 신기하네. 진짜 처음 맞죠? 자세가 진짜 제법인데?"
　"정말 처음이에요."
　"습득이 그렇게 빨라요? 내일이면 나보다 잘 치겠네. 폼이 좋아서 그런가. 당구가 자세가 중요하긴 한데."

최석달은 너무나도 신기했는지 어이가 없다는 표정이었다. 그럼에도 태진은 연신 공을 치고 있었다. 그런 태진을 보던 최석달은 헛웃음을 뱉으며 말했다.

"잘 치네. 당구 재밌죠?"
"네, 정말 재밌어요."
"나한테 한 달 정도만 배워 볼래요? 이 정도면 금방 늘 테고. 그럼 프로 해도 되는지 아닌지 판단이 설 거 같은데. 어때요?"
"회사 들어간 지 얼마 안 돼서 시간이 없어요."
"에이, 월급쟁이가 뭐가 좋다고 그래요. 프로선수 해요. 자기가 이뤄 내는 성과에 따라서 수입이 들어오는데."

상당히 매력적이긴 했다. 이제 사회생활을 시작했기에 사회 경험은 적었지만, 마음먹은 대로 되는 일은 많지 않을 것 같았다. 그리고 당구가 재미있기도 했다. 하지만 꼭 해 보고 싶은 것이 있었기에 지금은 당구보다는 제대로 된 에이전트가 되고 싶었다. 하지만 최석달은 태진이 욕심이 났는지 계속해서 설명을 했다.

"프로 생활이 딱 당구 같거든요. 당구공이 나가는 방향을 내가 결정하듯 상금도 내가 하는 거에 따라 결정되거든요. 또 상금만이 전부가 아니에요. 같은 포지션이라고 해도 맞는 방법이 여러 가지이듯 프로 생활로 돈을 버는 방법도 여러 가지예요. 나처럼 당구장을 차리는 것도 있고 여기저기 돌아다니면서 교습할

수도 있고. 물론 프로가 되는 게 먼저지만 잘할 거 같은데. 어때
요?"

"일단은 취미로 해 볼게요."

"아쉬운데."

그때, 당구장 문이 열리면서 기다리던 이정훈이 들어왔다. 그
와 동시에 뒤에 앉아 있던 수잔이 벌떡 일어나며 인사를 건넸다.

"안녕하세요!"

그러자 이정훈은 가볍게 고개를 숙였다. 그러고는 다른 말 없
이 카운터 앞에 위치한 당구대에 자리를 잡았다. 이제 이정훈이
도착했으니 더 이상 당구를 칠 이유가 없어졌기에 태진은 큐대
를 내려놓으려 했다. 그때, 이정훈이 태진을 보며 말했다.

"기다려도 됩니다. 마저 치세요."

브라운이 얘기하기로는 말 한마디 섞어 보지도 못했다고 그랬
는데 이정훈이 먼저 말을 걸었다.

아마 당구 교습을 받으러 온 걸로 오해한 모양이었다. 오히려
태진이 어떻게 반응을 해야 하는지 난감했다. 이대로 당구를 배
우러 온 사람으로 위장해 대화를 나눠 볼까 아니면 솔직히 말을
해야 될까 고민이 되었다. 그때, 수잔이 고민도 하지 않고 들고
온 가방을 뒤적거리더니 태진을 불렀다.

"고민해요? 내가 이 일 하면서 한 가지 배운 게 있는데, 사람을 대할 때는 거짓을 섞으면 안 돼요. 말하기 싫은 게 있으면 아예 얘기를 꺼내지 말고, 그게 아니면 최대한 솔직하게 대해야 성공하거든요."

"아!"

"가죠."

태진은 수잔의 뒷모습을 보며 뒤따라갔다. 여자 중에도 왜소한 수잔의 등이 지금은 굉장히 듬직하게 느껴졌다. 이정훈에게 도착한 수잔은 특유의 환한 미소를 지으며 입을 열었다.

"안녕하세요. MfB에서 나왔습니다. 연락을 많이 드렸는데 연락이 안 되서 이렇게 찾아왔습니다."

최대한 공손하고 친절하게 대화를 시작했는데 이정훈은 인사를 듣는 순간 인상을 찡그렸다. 그러고는 더 이상 대화하기 싫다는 듯 앞을 가리고 있는 수잔을 피해 최석달에게 말했다.

"최 프로, 정말 이럴 거야?"

"왜요? 저분들 손님인데! 저기 포인트 누른 거 안 보여요?"

"아, 정말. 알았다. 빨리 치기나 하자."

이정훈은 수잔과 태진을 없는 사람 취급하며 자리에서 일어나더니 카운터로 가서 스스로 공을 가져왔다. 그러고는 비키라고 말하듯이 이리저리 움직이며 공을 치기 시작했다. 괜히 방해가 되어서 좋을 게 없었기에 태진과 수잔은 뒤로 살짝 물러났다. 그때, 최석달이 다가오며 태진의 귀에다 혀를 찼다.

"좀 기다렸다 하지 그랬어요. 저러면 얘기하기 힘들 텐데."

태진은 수잔을 힐끔 봤다. 약간 위축될 줄 알았는데 수잔의 표정에는 전혀 변화가 없었다.

"부담되시겠다. 우리 자리로 돌아가서 기다릴까요?"
"네."

원래 테이블로 돌아온 수잔은 여전히 웃고 있었다.

"생각보다 힘들겠는데요? 왜 날 쳐다봐요? 아! 표정이 없어서 어떻게 쳐다보는지 알 수가 없네."
"아니에요."
"아니긴. 나 민망해하나 안 하나 살펴보는 거예요?"
"진짜 아니에요."
"하나도 안 민망해요. 지금 이정훈 씨는 받아 주지 않았지만, 솔직해야 된다는 생각은 변함없어요. 만약에 숨기고 같이 당구 치다가 갑자기 일 얘기를 해 봐요. 속셈이 있어서 다가온 사람이라고 생각하면서 뒤통수 맞은 기분이지 않을까요?"

신념이 뚜렷한 수잔의 모습에 태진은 자신도 모르게 고개를 끄덕거렸다. 존경할 수 있는 사수를 만난 것 같았다. 수잔은 그런 태진을 보더니 갑자기 당구대를 가리켰다.

"우리도 당구 쳐요."
"그래도 될까요?"
"치는 게 나을 거 같은데요? 브라운은 계속 앉아만 있었다고 그러니까 우리는 조금 변화를 줘야죠. 그리고 프로한테도 인정받았으니까 이정훈 씨도 관심을 보이지 않을까요?"
"그 정도는 아니에요."
"에이! 프로가 인정했잖아요. 빨리 치죠!"

룰을 정확히 알지 못했기에 마음대로 치기 시작했다. 최석달에게 칭찬을 받은 태진도 큐대를 들고 공을 쳤다. 하지만 아까와는 달랐다. 자세는 좀 전과 똑같이 괜찮았지만, 영상에 나온 대로 공을 배치하지 않고 마음대로 치다 보니 공이 가는 길을 몰랐다.

'어렵구나.'

아마 프로를 하려면 길을 전부 알아야 할 것이었다. 무언가를 이루기 위해서는 반드시 노력이 필요했다. 그때, 바로 옆 테이블에 있던 최석달이 고개를 돌려 길을 알려 주었고, 태진은 그대로 공을 쳤다.

"와, 진짜 신기하네. 어떻게 길을 알려 준다고 바로 칠 수가 있지?"

최석달이 감탄한 덕분에 이정훈도 태진을 힐끔 쳐다봤다. 아직까지는 그게 전부였지만, 시간이 지나면서 최석달의 감탄이 계속될수록 이정훈도 관심을 보였다.

"진짜 프로 할 생각 없어요? 와, 정훈이 형. 이분 봐. 이분 오늘 처음 당구 치는데 이 정도야. 이런 사람이 프로를 해야지."

이정훈은 못 믿겠는지 의심이 가득한 표정으로 태진을 쳐다봤다. 그것도 잠시, 슬슬 관심이 생기는지 태진이 당구 치는 모습을 힐끔거렸다. 아무리 자세가 좋아도 초보인 게 티가 났는지 이정훈이 신기해하며 먼저 말을 걸었다.

"진짜 초보입니까?"
"네? 아. 네! 당구장 처음이에요."

이정훈은 놀랐는지 눈썹까지 씰룩거렸다. 태진은 약간 민망했지만 이정훈과 대화를 이어 나갈 수 있을 거라는 생각에 열심히 쳤다.

그렇게 거의 두 시간이 넘도록 당구만 치다 보니 먼저 지친

건 수잔이었다. 수잔은 티를 내지 않았지만, 태진이 알아차렸다. 평소와 걸음이 달랐다.

"다리 아프세요?"
"와, 다이어트 할 때 당구 쳐야겠어요. 이 작은 테이블을 계속 돌았더니 다리에 쥐 날 거 같아요. 그런데 톨은 아팠던 사람 맞아요? 어떻게 나보다 멀쩡해?"

태진도 힘들긴 했지만, 그동안의 운동이 빛을 발하고 있었다. 그리고 새로운 경험을 해서인지 아니면 당구가 체질에 맞는지 치면 칠수록 생각보다 재미가 있었다. 그래도 수잔을 생각해 잠시 쉬는 게 좋겠다고 판단했다.

"잠깐 쉴까요?"
"10분만 쉬었다 해요. 그나저나 체력이 대단하시다."
"운동 많이 했어요."
"톨 말고 이정훈 씨요. 나이도 많은데 운동 다녀와서 또 운동하는 셈이잖아요."
"아."

자신의 얘기로 오해한 태진은 민망해하며 이정훈을 봤다. 취미일 텐데도 굉장히 진지한 자세로 임하고 있었다. 태진은 그런 이정훈을 가만히 살폈다.

'따라 할 수 있겠는데.'

이정훈의 실력을 알 순 없었지만, 한 번에 따라 할 수 있을 것 같은 걸 보아 그렇게 뛰어난 실력은 아닌 거 같았다. 그때, 최석달과 이정훈의 대화가 들렸다.

"정훈이 형, 형 이렇게 쳐서는 무조건 탈락이야."
"흐음, 잘 안 되네."
"차라리 서울 연맹 테스트 가서 리그전 해서 우승하는 게 낫겠네. 그건 대진 운이라도 기대할 수 있으니까. 형은 지금 보면 영 아니야."

최석달은 저래도 되나 싶을 정도로 직접적으로 얘기했다. 그럼에도 이정훈은 별다른 반응을 보이지 않았다.

"그건 내 실력이 아니잖아."
"어휴, 합격하려면 애버리지 0.7인데 지금 보면 0.5도 안 나오잖아. 작년부터 연습했는데 이 정도면 다른 거 하는 게 나아. 기껏 배우 하면서 인지도 쌓아 놓고서 왜 프로선수를 한다고 참."
"잘 칠 때는 너도 나한테 지잖아."
"그러니까 더 문제지! 너무 들쑥날쑥하잖아. 컨디션 좋은 날만 경기 나갈 거야? 경기가 형 컨디션에 맞춰 줘? 그냥 취미로 해. 외삼촌이 형 연기하는 거 좋아하잖아."

"할 거야. 그냥 휴식기 동안 뭐라도 해 보려고 그러는 거라니까."

"그걸 왜 나한테 와서 휴식하냐고! 돈이라도 주든가!"

"고모가 가족끼리 돈거래 하는 거 아니라고 그랬잖아. 그리고 대신 사진도 찍어 줬잖아."

"어우! 답답해라. 다 형 생각해서 하는 말이야. 남들 다 은퇴할 나이에 프로가 가당키나 하냐? 젊은 애들하고 붙을 수 있겠어? 허리도 안 좋아서 노인네들이나 하는 근육운동 하는 사람이."

둘은 친척관계였던 모양이었다. 대화를 듣던 수잔은 그제야 이해를 했는지 태진에게 속삭였다.

"가족이 하는 곳이라서 여기까지 다니는 거였구나. 공짜로 프로한테 배우려고!"

"프로선수 준비하시나 봐요. 그래서 연기도 안 하려고 그러는 거 같은데 어쩌죠?"

"어쩌긴요. 아까 본인이 휴식기라고 그랬잖아요. 이참에 휴식기를 끝내면 되겠네."

"어떻게요?"

"아직 방법은 없는데요? 계속 살펴보면서 틈을 노려야죠! 이제 충분히 쉬었으니까 다시 시작하죠!"

태진의 입꼬리가 살짝 올라가자 수잔이 재밌다는 듯 환하게 웃었다. 이정훈과 제대로 된 대화조차 하지 못했는데 수잔의 미소 덕분에 답답한 느낌은 없었다. 오히려 뭔가 잘될 것 같은 느낌이었다.

태진과 수잔은 틈을 찾기 위해 이정훈을 끊임없이 살폈다. 그리고 잠시 뒤 최석달이 큐대를 내려놓았다.

"오늘은 여기까지 하자. 나 청소도 하고 그래야 돼."

브라운이 6시간을 기다렸다고 그랬기에 오래 걸릴 줄 알았는데 생각보다 일찍 끝났다. 하지만 그건 태진의 오해였다. 최석달이 끝을 냈지만, 이정훈은 끝낼 생각이 없는지 혼자 연습을 하기 시작했다. 지금 말을 걸어도 받아 줄 것 같지 않았기에 다시 연습이 끝나길 기다렸다.

한참 뒤. 수잔은 더 이상 서 있기 힘든지 다시 의자에 앉아 버렸고, 태진도 다리에 슬슬 부담이 느껴졌다. 일도 좋지만 몸이 우선이었기에 태진도 자리에 앉아서 이정훈을 쳐다봤다. 힘들지도 않은지 벌써 몇 시간째 쉬지도 않고 연습 중이었다.

'열정이 대단하구나.'

저 열정을 연기에 쏟는다면 태진이 흉내 낼 수 없는 연기가 나올 것 같았다. 대단하다고 생각할 때, 갑자기 이정훈의 표정이 바뀌었다. 굉장히 상기된 표정으로 당구를 쳤다. 그런 이정훈이 카운터를 쳐다봤고, 빈 카운터를 보며 굉장히 아쉬워했다. 마치 자랑을 하고 싶어 하는 것처럼 보였다. 태진은 궁금한 마음에 이정훈의 당구대를 쳐다봤다.

제대로 알진 못했지만, 아까와는 다른 느낌이었다. 힘 조절을 하는지 공이 계속 비슷한 포지션으로 만들어지고 있었다. 태진은 어떻게 했는지 신기해하며 이정훈의 폼을 살폈다.

"어?"
"왜요?"

아까는 따라 할 수 있을 것 같은 자세였는데 지금 이정훈은 마치 뛰어난 프로선수를 봤을 때처럼 흉내 낼 엄두조차 나지 않았다. 그것도 잠시, 이정훈의 폼이 다시 원상태로 돌아왔다.

*　　　*　　　*

이정훈은 큐대를 든 채 굉장히 아쉬워하는 표정을 지었다.

"느낌 있었는데 또 이러네."

그때, 정리를 끝낸 최석달이 돌아왔고, 이정훈을 보며 혀를 찼다.

"형, 그런 걸 뭐라고 하는 지 알아? 뽀록!"
"뽀록 아니야! 나 지금 한 번에 6점 뺐어."

"그러니까 뽀록이라고."

"아니라니까."

이정훈이 억울해할 때 태진의 옆에 있던 수잔의 목소리가 들렸다.

"저희가 봤어요! 점수는 모르겠는데 공이 막 굴러가서 계속 맞는 거 봤어요!"

"에이, 룰도 모르잖아요. 그리고 운 좋게 점수가 잘 나올 수도 있는데 그건 말 그대로 운! 실력이 아니라 운!"

이정훈도 스스로 그렇게 느끼는지 아무런 대꾸가 없었다. 다만 굉장히 억울하다는 표정이었다. 그 모습을 보던 태진은 자신이 도움이 될 수 있을 것 같았다. 당구가 처음이다 보니 정확한 방법을 알지는 못했지만, 잘 칠 때와 못 칠 때의 차이점이 있다는 건 알 수 있었다. 그리고 최석달과의 차이점도 있었다.

"저기, 폼이 조금 달랐던 거 같아요."

이정훈은 태진을 힐끔 쳐다보고는 이내 시선을 거두었다. 오늘 처음 쳐 본 사람이 조언을 하는데 받아들일 리가 없었다. 초보의 조언 때문인지 기분이 상한 듯 보였다. 큐대를 다시 잡은 이정훈은 태진을 쳐다보지도 않은 채 입을 열었다.

"이봐요. 집에서 축구 볼 때 거기선 슛을 때려야지! 막 그러죠?"

"아, 네."

"지금 그쪽이 하는 말이 그런 경우예요."

"아, 죄송합니다."

태진은 이정훈이 한 말의 의미를 바로 이해했다. 프로를 준비할 정도면 경력이 상당할 텐데 어쭙잖은 조언이 기분이 좋을 리가 없었다. 하지만 지켜보던 최석달은 태진이 재미있는지 대화에 끼어들었다.

"왜! 초보가 더 차이점을 잘 볼 수도 있지. 배우라는 사람이 남들 의견을 받아들일 줄 알아야지! 그렇게 꽉 막혀서는! 그런데 그쪽이 보기에는 어떻게 다른데요?"

최석달이 도와주는 것처럼 느껴졌지만, 이미 이정훈의 표정은 굳어 있었다. 방금 전의 대화가 마지막일 수도 있을 것 같은 느낌이었다. 그러다 보니 말을 해도 되나 난감했다.

"남자가 말을 꺼냈으면 말을 해야지. 말해 봐요. 해 보라니까?"

"제가 초보라서 잘못 봤을 수도 있어요."

"그거 감안하고 들을 테니까 말해 봐요. 정훈이 형이 지금은 꿍해 있어도 납득할 만하면 받아들이니까 말해 봐요."

기분이 상해 버린 이정훈의 마음을 풀긴 위해서는 제대로 보여 주는 방법밖에 없을 것 같았다. 결정을 내린 태진은 이정훈을 한 번 쳐다본 뒤 큐대를 잡았다. 그러고는 자세를 고쳐 잡아가며 방금 봤던 이정훈의 폼을 흉내 내기 시작했다.

'양발을 앞뒤가 아니라 양쪽으로 벌리고, 상체는 최석달 프로보다 낮게.'

흉내 내기 쉽다고 생각한 만큼 금방 따라 할 수 있었다. 자세를 잡은 태진은 조심히 고개를 들었다.

"지금 이 자세가 이정훈 씨의 평소 자세거든요."

최석달은 이정훈과 태진을 번갈아 보며 자세를 비교했다.

"어? 어……? 진짜네."

최석달이 놀라는 말에 이정훈도 고개를 들어 태진을 봤다. 자세 연습을 하느라 거울을 보고 연습했었기에 이정훈도 자신의 폼을 알고 있었다. 그런데 본인이 봐도 너무 비슷했다. 원래 남들이 볼 때는 비슷하다고 생각해도 본인이 볼 때는 잘 모르는 경우가 많았는데 지금은 키나 덩치만 달랐지 거울을 보는 것 같은 기분이었다.

"어이가 없네."
"형이 봐도 똑같아?"

이정훈은 세운 큐대에 몸을 살짝 기댄 채 헛웃음을 뱉었다.

"내 폼이 이상해요?"
"이상한 건 잘 모르겠어요."
"그럼 뭐가 문제인데요."
"뭐가 문제인지도 정확히는 모르겠어요. 다만 아까 잘 치실 때는 지금하고 달랐거든요."
"무슨 소리야. 내가 당구를 몇 년 쳤는데. 30년 치고 이제 프로 해 보려고 하는데."

최석달도 동의한다는 듯 고개를 끄덕거렸다.

"자세가 중요하긴 한데 정훈이 형은 나쁜 자세는 아니에요. 사람마다 자기 편안한 자세가 있긴 하거든요."

이정훈이 태진의 말을 헛소리라고 생각하고 다시 큐대를 잡으려 할 때, 다시 태진의 말이 이어졌다.

"정확히는 모르는데 달랐던 건 알고 있어요. 프로님이 칠 때

나 이정훈 배우님이 잘 쳤을 때는 자세가 고정된 것 같았거든요. 그런데 못 쳤을 때는… 아!"

"못 친 걸 못 쳤다고 그러지 편하게 말해 봐요."

"잘 안 될 때는 치고 나서 오른발이 바깥으로 나가더라고요. 제가 여기서 봐서 이쪽에서 칠 때만 보이긴 하는데 그때마다 발이 움직였어요."

최석달은 고개를 빠르게 돌리더니 이정훈의 다리를 쳐다봤다. 그러고는 곧바로 이정훈에게 공을 쳐 보라고 시켰다.

"형, 쳐 봐!"

"아이고 참. 진짜, 됐어."

"쳐 보라니까."

최석달의 닦달에 이정훈은 마지못해 공을 쳤다. 하지만 태진의 말을 신경 써서인지 공을 치고 나서 다리가 움직이지 않았다. 다만 거기에 신경을 써서인지 전체 자세가 불안했다. 자세를 곧바로 알아차린 최석달이 입을 열었다.

"형 그렇게 안 치잖아. 치던 대로 쳐 봐."

하지만 좀처럼 아까 같은 자세가 나오지 않았다. 동영상이라도 찍어 놨으면 태진의 말을 믿어 줄 텐데 이대로라면 헛소리하는 사람이 돼 버리게 생겼다. 그때, 이정훈의 발이 움직였다. 태진은 무척이나 기뻐하며 손가락으로 이정훈의 발을 가리켰다.
다만 그 누구도 그게 기뻐하는 건지 알아채진 못했지만.

"어! 진짜네? 형, 뭐야. 왜 치고 나서 자세가 흐트러져?"
"그게 뭐가 중요해."
"중요하지! 자세가 이상하니까 치고 나서 흐트러지는 거 아니
야. 발이 왜 움직여?"
"많이 움직여?"
"많이는 아닌데 이상하네. 왜 발뒤꿈치가 바깥으로 빠지지?"

이정훈을 이리저리 관찰하던 최석달이 갑자기 인상을 찡그렸
다. 그러고는 이정훈의 허리에 손을 가져가며 말했다.

"혹시 지금 허리 아파?"
"아니? 지금은 괜찮지."
"아니야. 형 지금 허리 아파."
"내 허리를 왜 네가 판단해. 웃긴 놈이네."
"지금 안 아파도 형, 자꾸 허리 신경 쓰는 거 같아. 그러니까
안 아프려고 자꾸 자세가 흐트러지는 거야. 형도 모르는 사이에
그렇게 되는 거야! 그걸 뭐라고 그래. 외상후스트레스장애 이런
거!"
"그럼 잘 칠 때는? 말이 안 되잖아."

최석달은 잠시 고개를 갸웃거리더니 갑자기 손가락을 튕겼다.

"무아지경! 허리가 아팠다는 걸 잊을 만큼 집중한 거지! 형 치면서 어떻게 쳤는지 기억나?"

"음."

"안 나지? 무아지경이지. 완전 몰두한 거야. 그러니까 다리도 안 움직이고 그랬지! 아, 이제 알겠네!"

"이상하네."

이정훈은 긴가민가하는 표정으로 자신의 허리를 주물렀다. 그러고는 움직이던 발을 괜히 털어 보기까지 했다.

"안 아픈데. 안 아프려고 운동도 열심히 하고 있거든."

처음과는 다르게 스스로도 의심이 가는 모양인지 말부터 확신이 없게 들렸다. 최석달은 그런 이정훈을 보며 혀를 차고는 태진에게 물었다.

"일 년 넘게 가르치던 나도 몰랐는데. 그걸 어떻게 알았어요?"

"저도 잘 쳐 보고 싶어서 보다 보니까 알게 됐습니다."

"그럼 프로 하라니까? 어휴, 대단하네. 그래서 잘 칠 때는 뭐가 다른데요?"

"그건 정확히는 모르겠는데요. 그땐 뒷발은 안 움직였어요."

"진짜 신기한 사람이네. 웃지도 않고, 정훈이 형이 뭐라 해도 당황하지도 않고. 멘탈만 봐도 프로가 딱이야."

최석달은 태진을 한참이나 쳐다본 뒤 다시 이정훈에게 말했다.

"봐, 형은 프로 하면 안 돼. 외상후스트레스장애 극복이 쉬운 줄 알아? 그만 방황해라. 어휴, 밥이나 먹자. 그쪽 두 분은 밥 먹었어요?"

아침부터 계속 이동했는데 밥을 먹었을 리가 없었다. 태진은 결정을 내리라는 표정으로 수잔을 봤다. 그때, 눈이 마주치기도 전에 수잔이 입을 열었다.

"아직이요! 마침 배가 고프던 참이었습니다. 제가 쏘겠습니다. 당구장 하면 짜장면이죠?"
"그건 손님이나 먹는 거지. 그냥 백반 먹어요. 내가 대접할 테니까. 형은?"

태진과 수잔은 이정훈과의 식사를 기대하는 표정으로 대답을 기다렸다. 그때, 이정훈이 시큰둥하게 입을 열었다.

"짜장면이나 먹어. 빨리 먹고 연습해 보게."
"아, 그놈의 짜장면. 두 분은 뭐 드실래요?"
"저희도 짜장면으로 통일하겠습니다."

식사를 하며 자연스럽게 대화를 할 수 있는 기회가 생겼다고
생각했는지 수잔은 태진의 팔을 툭 치며 웃었다.

$$* \qquad * \qquad *$$

태진은 지금의 식사 자리가 너무나 불편했다. 병원에 있을 때
는 혼자 식사를 했고, 퇴원을 해서는 가족들과 식사를 했다. 가
족이 아닌 다른 사람과의 식사 자리는 처음이다 보니 이 자리가
편하지는 않았다. 그저 대화를 어떻게든 이끌어 가는 수잔의 말
을 듣고 있었다.

"진짜 잘 치시더라고요."
"처음이라면서요."
"처음이라도 보는 눈이 있잖아요. 진짜 프로 되실 거 같아요."
"말이라도 고맙네요."
"혹시 프로 준비하시느라고 활동 계획이 없으신 거예요?"

이정훈은 갑자기 씁쓸한 표정으로 입맛을 다셨다. 그러고도
몇 번이나 한숨을 뱉어 댔다. 그러자 최석달이 대신 입을 열었
다.

"어우, 저 자존심. 형이 허리가 다쳐서 예전만큼 못 해요."
"액션이요?"
"네, 한 5년 됐나? 영화 찍다가 다쳤는데 그 뒤로 전처럼 안

되나 봐요. 그걸 자기 입으로 말을 못 하고 참나."

수잔은 무척이나 안타깝다는 표정으로 말을 받았다.

"어우, 어떻게 해요. 그래도 지금은 건강하신 거 같은데요."
"그래도 전처럼은 못 하나 봐요. 나이도 먹었고 그러니까요."
"그렇구나. 그럼 이제 이정훈 씨 액션은 못 보는 건가요? 너무 아쉽다. 정말 아쉬워요."

대화를 듣고 있던 이정훈은 대답도 안 한 채 쓸쓸한 미소를 짓고 있었다. 그때, 수잔이 그런 이정훈을 보며 말했다.

"저처럼 이정훈 씨의 액션을 보고 싶어 하는 사람이 많은데."
"말이라도 고맙습니다."
"정말이에요. 그래도 은퇴하신 건 아니라서 다행이에요. 액션은 아니더라도 다른 장르에도 나와 주시고 계셔서 팬으로서는 너무 감사하죠."

이정훈이 연기를 그만둔 건 아니었다. 다만 액션만 하지 못했을 뿐, 그 뒤로도 몇 작품에 출연했다.

"그래도 한동안 활동을 안 하셨잖아요. 저처럼 기다리는 팬들이 있는데 그런 팬들을 위해서라도 한번 활동 계획을 가져 보시는 건 어떨까요? 저희가 가져온 시나리오도 액션은 아니고요. 액

선보다는 이정훈 씨의 강인한 느낌! 그리고 숨겨진 친숙함!"

태진은 수잔의 말을 듣고 있으니 불편했던 식사 자리가 약간 편해진 기분도 들었다. 칭찬하는 기술이 어머니와 비슷했다. 그리고 이정훈도 수잔의 칭찬이 좋은지 처음으로 미소를 지었다.

"그쪽 분들이 고생하는 건 알겠는데 난 안 어울려요."
"네? 그럼 누가 어울려요. 시나리오 한번 보시고 작가님하고 얘기 나눠 보시면 이정훈 씨를 위한 역할이라고 생각하실 거예요. 실제로도 작가님이 이정훈 씨를 모델로 구상하시고 집필하신 거예요."
"후, 누구 작품인데요?"
"김정연 작가님이요."
"아이고… 참 진짜, 괜찮다니까……."

그때, 최석달이 갑자기 큰 소리로 외쳤다.

"거기서 말 타다가 떨어져서 다친 게 김정연 작가 드라마 맞지? 형 다쳤을 때도 병원에 오고 그랬잖아. 형 엄청 챙겨 주는 분."
"후… 맞지."
"형이 마지막으로 한 것도 그 작가가 쓴 거잖아."

태진은 그제야 왜 작가가 7좌 역으로 추천한 배우가 이정훈뿐이었는지 이해가 되었다.

*          *          *

　김정연 작가와 이정훈은 서로 알고 있었고, 이정훈은 김정연 작가의 작품을 하다가 부상을 당했다. 그 뒤로 액션 연기를 할 수 없게 되었다. 그래서 김정연 작가는 이정훈이 배우 생활을 계속할 수 있도록 자신의 작품에 그를 출연시킨 듯 보였다.

　'그래서 이정훈 씨 한 명뿐이었구나.'

　아직 김정연 작가를 만나 보지 못해 어떤 사람인지 알 순 없었지만, 자신의 작품에 출연하다 다친 배우를 끝까지 배려하는 모습을 보면 상당히 따뜻한 느낌을 가진 사람 같았다. 게다가 이정훈도 김정연 작가의 작품이라는 걸 알았으니 수락을 할 것 같았다.
　수잔도 태진의 생각과 같았는지 대답도 듣기 전에 시나리오를 꺼내려고 가방에 손을 넣었다. 그때, 이정훈이 굉장히 씁쓸한 표정으로 입을 열었다.

　"미안하지만, 김정연 작가님 작품이면 더 못 해요."
　"네?"

　예상과 다른 답변에 태진과 수잔은 당황했다. 태진은 어떤 말을 꺼내야 할지 생각도 나지 않았지만, 수잔은 금세 정신을 추스르고 입을 열었다.

"작가님이 추천한 배우가 배우님 한 분뿐이에요. 그만큼 작가님이 원하는 느낌을 잘 살리니까 그런 거 아닐까요?"
"아닙니다. 난 김정연 작가님이 원하는 연기를 못 해요."

수잔은 끝까지 포기하지 않고 계속해서 설득했고, 태진은 이정훈의 표정을 살폈다. 하지만 이정훈은 끝까지 자신의 입장을 고수했다. 한참이나 수잔의 설득이 계속되던 중 이정훈이 자리에서 일어났다.

"이렇게 찾아왔는데 거절해서 미안해요. 이만 가 보고 작가님한테는 다른 배우를 추천해 주세요."

이정훈은 당구대로 가려 했고, 수잔은 아쉬운 마음에 이정훈을 따라가려 했다. 그때, 태진이 수잔의 팔을 잡았다.

"왜요?"
"내일 다시 오는 게 좋겠어요."
"네? 왜요? 지금 분위기 좋은데. 원래 이러다가 수락하는 거예요."
"너무 부담 주는 거 같아서요. 배우님도 생각할 시간이 필요할 거 같아요."

"그런가? 아쉬운데… 내일 사무실 가서 떵떵거려야 했는데."

"내일 다시 와요. 아! 그래도 돼요?"

"그건 문제없죠."

앞에서 대화를 듣던 최석달이 갑자기 수잔과 태진을 보며 피식 웃었다.

"그렇지! 포기하지 말아요. 저 형 좀 꼭 데려가서 나 좀 편하게 해 줘요. 그럼 내가 당구 교습 무료로 해 줄게요."

왠지 최석달에게 당구 교습을 받으면 프로를 해야 될 것 같은 기분이 들었기에 태진은 대답없이 가볍게 고개만 숙였다.

*      *      *

사무실로 돌아가는 중에도 수잔은 이정훈을 설득하지 못한 것에 대해 굉장히 아쉬워했다. 팀장에게 보고를 했음에도 아쉬움이 가시지 않는 듯했다.

"아무래도 좀 더 뻗댔어야 했는데! 왜 가자고 그랬어요! 생각해 보니까 내가 사수인데!"

"죄송해요."

"죄송할 것까진 없고요!"

"이정훈 씨 표정이 좋아 보이지 않았어요."

"그래요? 별다른 변화 없던데. 아니지, 작가님 알고서 좀 더 부드러워졌는데."

"제가 느끼기에는 부드러워졌다기보다는 미안해하는 것처럼 보였어요."

이정훈을 표정을 떠올리던 수잔이 갑자기 태진을 쳐다봤다.

"에이! 자기도 표정 없으면서 그걸 어떻게 알아요. 아! 미안! 그걸 지적하려는 건 아니었어요! 미안해요."

"괜찮아요."

"진짜 미안해요. 내가 원래 이런 사람이 아닌데!"

"진짜 괜찮아요. 그리고 제가 표정이 없어서 더 잘 알아요. 표정을 따라 해 보려고 많이 연습했거든요."

수잔은 자신이 잘못했다고 생각했는지 손으로 입까지 막았다.

"정말 괜찮아요. 덕분에 사람 표정은 잘 읽게 됐거든요. 아까 이정훈 씨 표정 보니까 엄청 미안해하면서도 아쉬워하는 그런 느낌이 있었거든요. 아마 아쉬움보다 미안함이 더 커서 거절을 하는 거 같아요."

"그랬나?"

"그럴 거예요."

"그럼 내일도 오늘하고 똑같을 거 아니에요."

"왜 미안해하는지 알아야 하지 않을까요? 저희가 그런 정보는 전혀 없어서 그 부분에 대해서 아무런 말도 할 수 없잖아요."

이정훈이 출연한 작품에 대해 알아 간 게 전부였다. 수잔도 이해를 했는지 격하게 고개를 끄덕거렸다.

"그거 알아보려면 시간이 좀 걸리겠네. 오늘은 칼퇴근은 물 건너갔고! 왠지 수락할 것 같은데……."
"제대로 알아보면 되지 않을까요?"
"내일까지 알아볼 수 있으려나 모르겠네. 참! 내일 키티가 가기로 했지. 안 되겠다. 내일도 우리가 가요! 괜찮죠?"
"저는 괜찮아요."
"키티가 계약을 따 오면 배가 아파서 그러는 게 아니에요. 뭐 같은 팀인데 누가 따 오면 어때요. 단지 기왕이면 우리가 따는 게 더 좋다 이 말이죠. 내 말뜻 알죠?"

칼퇴근을 아쉬워하면서도 의욕에 불타는 수잔의 모습에 태진은 웃음이 나왔다. 사수다 보니 신입의 의견을 받아들이기가 쉽지 않을 것이다. 태진도 수잔이 아니었다면 의견을 내놓지도 못했을 테고. 그때, 수잔이 운전 중인 태진을 보며 굉장히 환한 미소를 보냈다.

"어떻게 그런 생각을 했지. 어디서 이런 복덩이가 들어왔을까.

톨! 4팀에 남아서 나랑 평생 같이해요!"

태진은 수잔을 힐끔 쳐다봤다. 너무 밝은 미소로 자신을 보고 있는 모습이 너무나 귀여웠다. 그런 생각이 드는 순간 갑자기 가슴이 뛰기 시작했고, 갑자기 수잔의 얼굴을 쳐다보기가 힘들었다. 그러면서도 또 쳐다보고 싶은 마음도 들었다. 마치 드라마에서 나오는 사랑의 감정이 싹트는 장면처럼 느껴졌다.

'사랑이 이런 기분인가……?'

인생에 여자라고는 가족이 전부였기에 연애를 해 봤을 리가 없었다. 그러다 보니 지금 자신의 기분이 어떤 건지 헷갈렸다. 다만 아까와는 다르게 좁은 차가 굉장히 불편했다. 두근거리는 심장소리가 들릴 것만 같았다. 그때, 수잔이 웃으며 갑자기 전화를 꺼내 들었다.

"나 전화 좀 할게요."
"네? 아, 네."

수잔은 통화 버튼을 누르고는 입을 열었다.

"어, 여보! 미안한데 나 오늘 늦게 들어갈 거 같아. 자기 먼저 사랑이하고 밥 먹어. 아침에 끓여 놓은 미역국 있거든? 그거랑 냉장고에 소고기 있으니까 그거 조금 구워서 주면 돼. 뭐야, 대답이 왜 이렇게 신났어? 나 늦게 들어가서 좋아?"

수잔의 통화를 듣는 순간 태진은 갑자기 헛기침이 나왔다. 흔히 인터넷에서 보던 모태 솔로가 하는 착각을 지금 자신이 한 것임을 깨달았다. 방금 전까지는 두근거려서 수잔을 못 쳐다봤는데 지금은 민망해서 쳐다볼 수가 없었다. 다만 불편했던 차 안이 다시 편안해졌다. 그때, 통화를 마친 수잔이 말을 걸었다.

"늦게 들어간다니까 신랑이 너무 신났네요."
"결혼하셨어요?"
"그럼요. 벌써 애가 6살이에요. 애 키우랴 돈 벌으랴 아주 정신없어요."

수잔은 신이 난 표정으로 딸에 대한 얘기를 늘어놓았고, 그 얘기를 들을수록 태진의 민망함도 사라지며 처음 만났을 때보다 수잔이 편하게 느껴졌다.

수잔의 얘기를 듣는 사이 둘은 회사에 도착했다. 바로 팀장인 스미스에게 보고를 했고, 이미 사전에 전화로 보고를 해서 팀장도 설득에 실패했다는 걸 알고 있었기에 별다른 말이 없었다. 그때, 브라운의 기분 나쁜 웃음이 들렸다.

"크큭, 쉬운 게 아니라니까. 내가 3일 동안 괜히 말 한 번 못 붙여 본 게 아니에요. 아무튼 고생했어요."

태진은 화가 나기보다는 너무 신기했다. 분명히 약을 올리려고 하는 것 같은데 뭔가 응원을 하는 것 같은 느낌도 들었다. 다만 수잔은 자신과 달랐다. 수잔이 화를 낼 것이라고 생각한 태진은 조심스럽게 수잔의 표정을 살폈다. 그런데 수잔의 표정은 예상과 달랐다. 브라운에게도 거짓 없는 환한 미소를 보내고 있었다.

"에이, 그 정도는 아니던데요? 밥도 사 주시고 그랬는데."
"네?"
"어? 브라운은 밥도 안 사 줬어요?"
"아! 밥! 밥 먹었죠. 우리도 밥 사 줬는데 밥은 잘 사 주는 사람인가 보네."

그 말을 끝으로 브라운은 더 이상 말을 걸지 않았고, 수잔은 방금보다 더 큰 미소를 지으며 태진을 봤다. 그러고는 엄지까지 들어 올렸다. 그러고는 그 엄지로 자신의 자리를 가리켰다. 태진은 입꼬리를 올린 채 수잔의 자리로 향했다.

"표정 관리 정말 잘하시네요."
"이 일 하려면 그건 당연한 거죠."
"배우 하셔도 될 거 같은데요."
"배우였어요."
"진짜요?"
"네, 연극했었죠. 그런데 돈이 너무 안 되니까 그만뒀죠. 왜요, 너무 잘해요? 다시 배우를 할까?"

수잔은 장난스럽게 웃는 채로 갑자기 톨에게 속삭였다.

"그래도 밥이라도 먹어서 다행이에요. 그죠?"
"그러게요."
"그럼 어디서부터 시작을 해야 될까?"
"아까 당구장 사장님하고 배우님 얘기 중에 배우님이 다친 게 김정연 작가님 작품 하다가 다쳤다고 그랬잖아요. 왜 다쳤는지부터 알아보는 게 먼저이지 않을까요? 그래야지 김정연 작가님이 배우님을 추천하는 이유를 알 수 있을 거 같은데."
"오, 일리 있네요. 그런데 나 아까 그 말 듣고 깜짝 놀랐잖아요."
"왜요?"
"김정연 작가를 만난 적은 없는데 그분, 까칠하기로 유명하거든요. 그래서 저번에 회의 때도 선배들이 김정연 작가가 원하면 꼭 데려와야 된다고 그랬잖아요. 그런데 알고 보면 따뜻한 사람인가 봐요. 역시 사람은 겪어 보지 않으면 모른다니까."

태진도 김정연 작가가 따뜻한 사람이라고 느끼고 있었기에 고개를 끄덕거렸다.

"그럼 이건 그때 제작 팀을 통해 알아보는 게 좋겠고. 그다음은 어떻게 해야 될까요? 이정훈 배우가 왜 안 하려고 그러는지 알아봐야 되는데. 그런데 이상하죠? 그 동안은 김정연 작가 작품에 출연했는데 왜 이번은 안 하려고 그럴까요?"

태진은 떠오르는 것이 있었지만, 아직 확신은 없었기에 대답하지 않았다.

"그럼 일단은 내가 제작 팀들 알아볼게요."
"저도 같이할게요."
"톨은 신입이라 아는 제작 팀도 없잖아요. 그러니까 그 동안 옆에서 이정훈 씨에 대해서 더 잘 알아봐요. 오케이?"

일을 분담한 수잔은 곧바로 여기저기 전화를 걸기 시작했고, 태진은 자신의 자리로 돌아왔다. 태진은 고민도 없이 인터넷을 열고 이정훈을 검색했다.

'다친 드라마가 '강철의 군주'고, 바로 전에는 영화였구나. '깡패' 이후로는 영화도 안 찍었고 드라마만 한 편 했네.'

이정훈의 연기가 변했다고 생각한 드라마였다. 태진은 일단 다치기 전 마지막 영화인 '깡패'부터 찾았다. 이미 본 적이 있었지만 다시 볼 생각이었다. 전체를 다 보기보다는 이정훈만 필요했기에 Y튜브에 '깡패 이정훈'을 검색했다. 이때만 하더라도 태진이 따라 할 수 없는 연기를 했고, 사람들도 이를 알아봤는지 이정훈만 나오게 편집한 영상이 수두룩했다. 태진은 영상들을 하나씩 천천히 보기 시작했다.

'와, 다시 봐도 대단하네. 지금도 못 따라 할 거 같은데. 내가 이런 사람을 만났구나.'

연기를 보자 이정훈을 만난 게 새삼 신기하게 느껴졌다. 특히 다른 영상에서 본 이정훈의 인터뷰에서는 자신의 연기에 대한 자부심마저 느껴졌다.

—액션 하면 이정훈, 이정훈 하면 액션이 떠오르게 만드는 배우가 되겠습니다.

이 정도로 자부심이 있는 사람이었고, 그렇게 될 거라는 걸 연기가 증명해 주었다. 이런 연기를 선보이던 사람이었는데 왜 갑자기 연기가 이상해졌는지 궁금했다. 아무리 부상을 당했다고 하더라도 이 정도면 다른 작품에서도 보통의 연기는 보여 줄 수 있었을 것 같았다. 하지만 회복 후 복귀한 다음 작품에서 한 연기는 눈 뜨고 보기 힘들 정도로 이상했다.

그래서인지 그 이후의 작품은 인터넷에 검색해도 이정훈 편집본이 존재하지 않았다. '영원의 도시'라는 드라마였고, 이정훈의 역할은 주인공의 스승 같은 인물이었기에 비중도 상당했다. 그리고 드라마의 시청률도 꽤 높았다. 성공한 드라마라고 불릴 수 있는 요건을 다 갖추고 있었는데 그 속의 이정훈만은 존재감이 너무 없었다.

'드라마를 다시 봐야 되나.'

이정훈의 영상이 너무 없다 보니 드라마를 다시 볼까 생각할 때, 하나의 영상이 눈에 들어왔다. 썸네일에 주연배우들과 함께 이정훈이 서 있는 촬영 현장의 메이킹영상이었다. 태진은 곧바로 그 영상을 재생시켰다.

*      *      *

영상은 남녀 주인공 위주로 담겨 있었다. 집이었다면 처음부터 끝까지 다 볼 테지만, 지금은 이정훈의 문제가 우선이었기에 장면을 넘겼다. 그러던 중 주인공들이 이정훈을 소개하는 장면이 나왔다.

─저의 스승이자 때론 아버지이자 때론 친구인 감태춘 씨입니다. 자기소개 좀 해 주시죠.

─안녕하세요. 감태춘 역을 맡은 이정훈입니다.

─설마 그걸로 인사가 끝인 건 아니죠?

─야, 난 이런 거 못 하겠더라.

─그럼 제가 소개할게요. 극중에서도 존경하지만 실제로도 존경하는 배우십니다. 항상 열심히 준비하시는 모습에 후배들에 귀감이 되는 선배님이십니다.

─왜 그래. 다음, 다음 사람이나 찍어.

이정훈은 어색해하며 카메라를 향해 손을 젓더니 곧바로 자리를 피했다. 무척이나 짧은 영상이었기에 태진은 되돌려 가며 이정훈의 표정을 살폈다. 그 뒤로도 지나가며 나오는 이정훈의 표정까지 전부 살펴본 태진은 고개를 갸웃거렸다.

　'다들 열심히 하는 선배라고 그러는데 정작 이정훈 씨는 의욕이 없어 보이네.'

　영상 속 이정훈은 액션 영화에서 봤던 사람과 동일인이라고 생각하지 못할 만큼 의욕이 없어 보였다. 맡은 배역이 의욕이 없는 캐릭터였다면 몰입을 하고 있다고 이해할 텐데 극중에서의 역할은 자기 생활에 최선을 다하면서도 누구보다 따뜻한 마음씨를 가졌고, 항상 남을 배려하는 그런 역할이었다. 지금 이정훈의 표정과는 어울리지 않았다.

　'촬영장에서도 저러고 있어서 연기가 이상했던 건가.'

　아무래도 이정훈이 드라마에서 했던 연기를 다시 봐야 할 듯 싶었다. 하지만 업무 시간에 드라마를 봐도 되는지 판단이 서지 않았다. 그때, 수잔이 의자에 끌며 태진의 자리로 왔다.

　"대박!"
　"왜요?"

"왜 다쳤는지 알았어요. 그리고 왜 김정연 작가가 신경 쓰는지 도!"

누가 들어도 상관없을 얘기를 수잔은 엄청난 비밀이라도 되는 듯 조심스럽게 말했다.

"원래 '강철의 군주'에서 그 말 타는 장면이 없었대요. 그런데 김정연 작가가 갑자기 대본 수정을 했대요."

"갑자기요?"

"대화 신에서 그런 경우는 좀 있는데 액션에서는 드물긴 해요. 그래도 그 드라마가 사전 제작이라서 그 장면을 가장 마지막에 찍었대요. 그 장면 알아요?"

"네, 광야에서 두 부족이 서로 부딪히는 장면이요."

"맞아요! 그게 지금도 회자되는 장면이잖아요. 엄청난 규모이다 보니까 스턴트맨도 여기저기서 끌어모으고 그랬대요. 그리고 마지막에 촬영이니까 배우들한테 승마를 배울 수 있는 시간을 줬대요. 그런데 문제는 오정민이 배웠는데도 말을 못 탔다는 거! 오정민 알죠? 주연."

"네, 알아요. 적진에 혼자 뛰어 들어가는 장면. 오정민 씨가 직접 탄 거 아니었어요?"

"그게 문제! 그게 이정훈 씨가 대역했던 거래요! 그게 말 타는 장면에서도 멋진 액션 연기가 필요하다면서 김정연 작가가 직접 부탁했대요. 이정훈 씨는 액션배우 하면서 말 타는 걸 이미 배워 놔서 고민도 안 하고 부탁을 수락했고요."

태진도 알고 있는 장면이었다. 주인공은 로미오와 줄리엣처럼 적진 진영의 공주를 사랑했지만, 자신의 부족을 지키기 위해 슬픔을 머금고 전쟁에 뛰어드는 장면이었다. 그것이 대역이었다니 이정훈의 연기가 새삼 대단하다고 느껴졌다.

　"이미 거의 다 찍어 놓고, 두 부족이 부딪히는 장면이 가장 마지막이었대요. 그런데 그거 찍는데 사람이 너무 많으니까 상대 진영에 있던 스턴트맨들이 혼선이 왔나 봐요. 칼을 막아야 되는 합을 짜 놨는데 스턴트맨이 칼을 안 막아서 말에서 떨어져 버렸대요."

　"롱테이크였어요?"

　"오, 아네? 아무튼 주변에 다 말 뛰어다니는데 잘못하면 사고 일어나잖아요. 그때 이정훈 씨 말이 떨어진 스턴트맨 밟으려고 하는 걸 완전 고삐를 반대로 돌려서 방향을 바꿨대요. 그러다 이정훈 씨가 떨어진 거죠. 그리고 자기 말에 밟힌 거고. 이정훈 씨 아니었으면 그 스턴트맨 죽었을 거래요."

　태진은 굉장히 씁쓸한 표정으로 입을 열었다.

　"그래서 김정연 작가는 자기 때문에 이정훈 씨가 다쳤다고 생각하겠네요."

　"맞아요! 그래서 그 이후로는 절대 대본 수정 안 하고 뭐든지 정해진 대로만! 그래서 사람들이 김정연 작가보고 까다롭다고 그러는 거래요."

"꼭 누구 같네."

"누구요?"

"아, 아니에요."


  자신의 탓으로 생각하며 끝까지 책임지려는 모습이 태진으로
하여금 동생 태민이 생각나게 만들었다. 두 사람이 어떤 생각을
갖고 있을지 정확히 알 수는 없었지만, 자신과 동생의 상황과 비
슷하지 않을까 하는 생각에 태진은 자신도 모르게 한숨이 나왔
다.


  "휴."

  "진짜 한숨 나오죠? 김정연 작가가 그렇게 신경 쓰면 이정훈
씨는 그냥 받아들이면 다 해결인데!"

  "그게 꼭 그렇진 않을 거예요. 이정훈 배우님도 자신만의 생각
이 있겠죠. 그 배려에서 부담을 느낄 수도 있고요."

  "부담은 무슨! 역할 따내려고 더한 짓을 하는 사람들이 얼마
나 많은데."

  "부담이 되겠죠. 만약에 이정훈 배우님이 자신 없는 역할인데
그걸 배려라고, 하라고 그러면 부담이 되지 않을까요? 아마 상대
방이 배려해 준 만큼 실망시키지 않으려고 엄청 노력했을 거예
요."

  "그걸 톨이 어떻게 알아요?"

  "그럴 거 같아요."

"점쟁이예요?"

"그런 건 아니고요. 아까 메이킹영상을 보니까 다들 이정훈 배우님을 평가할 때 누구보다 열심히 한다고 그러더라고요."

수잔은 확신이 서지 않는지 고개를 갸웃거렸다. 하지만 태진은 비슷한 상황을 겪었다 보니 자신의 생각이 맞을 거라 생각했다.

"아마도 실망시키지 않으려고 노력했는데 잘 안 되는 거 같아요. 그래서 배려가 부담돼서 피하려는 거 같아요."

"톨 말이 맞다고 쳐요. 그럼 어떻게 하지? 우리가 이정훈 씨한테 조언을 하기도 애매한 위치잖아요. 중년 배우인데."

수잔의 말처럼 조언을 잘못했다가 이정훈의 심기를 건드릴 수도 있었다. 그때, 수잔이 갑자기 손가락을 튕기며 말했다.

"아! 그래서 당구 선수 되려고 그러는 건가? 나 배우 안 해도 잘 살고 있으니까 그만 미안해하라고?"

"그럴 수도 있죠."

"그러다가 진짜 당구 프로 되면 배우 접을 수도 있겠네요? 그럼 우리는? 우리만 문제가 아니지! 우리 회사는 엄청난 고객을 잃게 되는 건데!"

"당구장 사장님이 프로 되기 어려울 거라고 그러셨잖아요."

"아니지! 만약에 톨이 말해 준 대로 폼을 바꾸면 또 모르잖

아요! 합격해 버리면… 아이고! 떨어져야 되는데! 안 돼! 남 잘못
되라고 비는 사람치고 잘되는 사람이 없지! 붙으면 좋긴 한데…
그럼 난 어떡하고!"

어디까지 상상을 하는 건지 모르겠지만, 수잔의 정신없는 행
동이 태진을 웃게 만들었다.

"하하."
"어? 웃었네?"
"아, 죄송해요. 생각이 너무 많이 나간 거 같아서요."
"그런 생각이 안 들면 이상하죠! 아예 프로 하겠다는 생각을
접게 만들어 버려야 되는데! 당구장 사장님도 배우 생활 계속하
는 걸 원하는 거 같았는데, 안 그래요?"

수잔의 말을 듣던 태진이 갑자기 생각에 빠졌다. 주변에서는
다들 배우 하기를 원했지만 이정훈만 다른 길을 찾고 있었다. 물
론 본인의 생각이 중요하겠지만, 주변의 말에 귀 기울일 필요도
있었다. 하지만 이정훈은 귀를 닫고 있었기에 강제적으로 귀를
열게 만들 필요가 있었다. 그리고 태진은 그 방법을 생각했다.
하지만 제대로 될지 확신이 들진 않았다.

"수잔."
"네?"
"저희 오늘 퇴근 늦게 해야 되죠?"

"왜요? 생각보다 정보를 빨리 알아서 그건 문제없는데. 이제 어떻게 설득할지 생각을 해야죠. 갑자기 볼일이라도 생겼어요?"

"그건 아니고요. 연습을 좀 할까 해서요."

"무슨 연습을요?"

"당구요."

"네? 뭐야! 갑자기 일하다 말고 당구를 치러 가겠대. 내가 너무 편했나?"

"그게 아니고요. 한번 이겨 보려고요."

수잔은 태진의 말을 곧바로 알아차렸는지 순간 눈을 반짝거렸다. 하지만 이내 걱정이 가득한 표정으로 변했다.

"똘… 오늘 처음 쳐 봤다면서요. 이정훈 씨는 프로 준비하는데……."

수잔의 말이 끝까지 들리지 않았지만, 표정만 봐도 어떤 말을 생략한 건지 알 수 있었다. 태진도 확신은 없었지만, 도움을 받는다면 가능하지 않을까 생각하고 있었다.

"그래서 핸디캡을 좀 달라고 하려고요."

"그럼 핸디캡 줘서 졌다고 생각하면 어쩌려고. 그럼 소용없잖아요."

"적당할 거 같아서요. 치는 건 제가 하고 길을 알려 주는 건 다른 사람이."

"누가! 그걸! …어?"

"당구장 사장님도 우리랑 생각이 같은 거 같은데 도움 주시지 않을까요?"

"아! 그러네!"


수잔은 그럼에도 불안이 가시지 않는 표정이었다.


"되겠어요?"

"해 봐야죠."

"휴! 가만 보면 톨이 굉장히 진취적이구나! 나쁘게 말하면 무모한 거 같기도 하고!"

"아무것도 안 하고 있다 보면 계속 걱정만 하게 되더라고요. 가능한지 확인을 해 보고 희망이 보이면 열심히 해야죠."


여전히 쉽게 판단이 서지 않는지 수잔은 고민이 가득한 표정이었다. 하지만 이내 결정을 내렸는지 태진의 등을 팡 하고 두드렸다.


"오케이! 나머지는 내가 맡을 테니까 연습해요! 대신 이기지는 못하더라도 처음 쳐 본 사람이 이 정도인데 나는 뭐 했나! 라는 생각이 들 정도는 돼야 돼요!"

"열심히 해 보겠습니다."

"이러니까 내가 꼭 명령 내리는 거 같네. 크크. 그럼 시간 되면 바로 퇴근하도록!"

"하하, 네!"

비장한 표정으로 경례까지 하는 수잔의 모습에 태진은 소리 내어 웃었다.

*          *          *

다음 날, 이정훈보다 먼저 당구장에 도착한 수잔과 태진은 최석달에게 설명을 했다. 둘의 설명을 들은 최석달은 어제의 수잔과 같은 표정이었다.

"아무리 내가 프로선수 하라고 그랬다고 해도 게임이 되겠어요? 아무리 그래도 정훈이 형 구력이 있는데."
"한번 해 보려고요."
"어제 쳐 본 게 처음이라면서요. 아이고, 당구를 너무 쉽게 본 거 같은데."
"쉽게 보진 않았어요. 그리고 집에 가서도 연습했습니다."

태진의 집이 대학가 근처이다 보니 24시간 운영하는 당구장이 있었다. 태진은 밤새도록 영상을 보며 당구를 쳤다. 처음에는 자신이 없었지만, 시간이 지날수록 혹시 이길 수 있을지도 모른다는 생각이 들었다.

혼자 당구를 치다 보니 다른 사람들이 관심을 가졌다. 그래서인지 태진이 처음 연습할 때는 이상하게 쳐다봤는데 시간이 지날수록, 태진이 영상에 나온 공을 성공할수록 사람들의 시선이 바뀌었다. 가끔 감탄하는 소리까지 들렸기에 지금 태진은 약간의 자신감이 생긴 상태였다.

"한번 시험 삼아 연습해 보면 어떨까요?"
"후, 그래요."

최석달은 공을 아무렇게나 뿌린 뒤 태진에게 말했다.

"회전을 1/3 정도 왼쪽 상단으로 주고 샷은 끊어 치지 말고 그렇다고 무턱대고 밀지도 말고 부드럽게. 이야, 폼은 진짜 좋네. 아무튼 그렇게 노란 공을 오른쪽 1/3을 맞혀서 대회전으로 쳐 봐요."

태진은 최석달이 말한 대로 공을 쳤다. 그러자 최석달이 갑자기 자신의 머리를 비볐다. 그러고는 당구대와 태진을 번갈아 쳐다봤다.

"이것도 쳐 봐요! 이것도! 그럼 이거는?"

최석달은 신이 난 표정으로 계속 길을 알려 주었고, 그럴수록 불안해하던 수잔의 표정도 조금씩 풀렸다. 그렇게 한참이나 시간이 지났을 때, 당구장 문이 열리면서 이정훈이 들어왔다. 이정훈은 또다시 찾아온 태진과 수잔을 보며 달갑지 않은 표정을 지었다. 그때, 최석달이 갑자기 태진의 어깨에 손을 올리며 나머지 손으로는 이정훈에게 손가락질을 했다.

"한판 붙자!"

『모방에서 창조까지 하는 에이전트』 2권에 계속…